LE BREITSCHWANZ

© 2019, izimbra

Illustrations de couverture par l'auteur

Éditeur : BoD - Books on Demand,
12/14, rond-point des Champs-Élysées, Paris, France
Impression : BoD - Books on Demand, Norderstedt, Allemagne

Les textes de ce recueil, à l'exception d'*Anguta*,
ont d'abord été publiés sur oniris.be, de 2010 à 2016.

ISBN : 978-2-322-13880-7
Dépôt légal : août 2019

i zimbra

LE BREITSCHWANZ

et autres textes

Hors de portée

Il y avait une fois dans une contrée lointaine, une république prospère que ses exigences de décorum avaient déguisée en monarchie héréditaire. Cette légitimité, faite habituellement pour décourager les ambitieux, ressemblait ici à une interdiction d'abdiquer, car le roi même n'avait pas les moyens de ses ambitions. Il n'était que personnification : de l'opulence du pays, de la munificence du parlement. Aux citoyens les doléances, aux assemblées les décisions, à Sa Majesté de dire Nous. La pyramide est plus jolie pointue.

Feue la reine ayant laissé un fils unique, on l'aurait promu à coup de pied au train s'il n'avait eu l'indolence de se laisser faire. Aux fastes des funérailles puis du sacre succéda bientôt celui du mariage. Seule noblesse, le jeune roi pouvait épouser selon son cœur. Mais son premier choix avait épouvanté les médecins. On venait d'une lignée de un, on ne fait plus ténu en la matière. Et l'aimée, sans être exactement malingre, l'était aussi, ténue. À cela tenait l'avenir du pays ! Le roi chercha à se rabattre sur quelque nature, qui ne fût point intrigante, et qui saurait trouver des charmes aux sigisbées dont il l'entourerait. Bientôt, une belle gaillarde éveilla un sentiment insigne, dont l'exacte réciprocité seule le décida. Il noua avec cette poulinière, et réserva à la délicate le métier moins fatigant de maîtresse.

Sur le pays régnait également un vagabond. Son royaume, il le partageait de bonne grâce, n'en faisant tel étalage, qui pût causer à son palatin collègue plus petit ombrage. Des deux, il n'était pas le plus parasite, car il goûtait mieux les guignes que la pompe. Sans doute savait-il que cérémonies et banquets s'éternisent bien souvent en varices et autres hémorroïdes.

Nonobstant quelques levées de boucliers – et de bâtons – quand ses sujets le trouvaient chez eux prélevant sa dîme – quelquefois même servi au lit ! – ce joli monarque se la coulait bien douce. Surtout en sa résidence d'été. Il en avait posé la première pierre, celle qui bornait le pays, et n'avait pu fixer depuis l'emplacement de la chambre à coucher. Car Cupidon ni Morphée n'ont de montre au gousset, et lorsqu'il les croisait, il n'était plus temps de se mettre en chemin. La première meule était une alcôve douillette. Et quand il n'était pas au lit, il courait dans les violettes, "*et chantait pour des prunes, et tendait la patte aux chats perdus*".

Fidèle à son prime amour, le roi sortait du palais par un souterrain. Grimé et vêtu en bourgeois, et se véhiculant par les moyens les plus communs, il rejoignait sa maîtresse, dont l'entretien se dispensait dans un petit château de grande banlieue. L'État n'y rechignait pas, et la dame comprit l'inutilité de ses scrupules, d'autant que la savoir laborieuse aurait fâché son amant.

Cependant, l'anonymat forcé de sa position accentuait cet air mélancolique qui causait au roi ses plus vifs transports. Pour ne point dépérir, elle sortait se mêler aux bruits des rues. Elle enviait ce peuple, qui tendait joyeux vers quelque but. Et lui aimait son peuple, qu'il ne côtoyait qu'allant joyeux vers le tendre sien.

La reine ne prenait pas de souterrain pour aller à son plaisir. Elle montait en carrosse ou en tilbury avec sa gouvernante, prenait droit à travers le parc, et était à sa gentilhommière en trente minutes. Plus tard, elle y emmena sa fille appelée à régner, et son fils, plus communément, mais jamais aucun cavalier. De là, elle s'échappait du parc et son cœur se mettait à battre très fort ; ce cœur ne redoutait que de ne pas chavirer à la vue de l'être aimé. Car elle ne lui donnait pas rendez-vous ; aurait moins encore osé l'inviter à sa chaumière. Non, elle allait pour s'offrir, sans obliger, toujours comme la première fois. Il a été omis de dire du vagabond qu'il avait le charme de ceux dont même une reine ne peut exiger la constance. Et cette reine était trop heureuse de ne pas même vouloir supplier, elle qui n'avait que l'habitude d'obtenir. Le dépit amoureux lui était un transport délicieux et renouvelable. D'ailleurs, le galant laissait toujours à cet amour de quoi survivre, plus un reste qui nourrissait l'espoir.

Ce n'est pas sans une peine mêlée de honte que nous avons révélé le secret de cette âme généreuse. Point tant le fait, si anodin, que le douloureux mouvement de passion qui taraudait son cœur sensible. Au physique, l'état de tension dans lequel ses sentiments la tenaient lui conférait une morbidesse exquise, qui estompait divinement son tempérament sanguin et le naturel de son caractère. Elle y perdait la distinction de son rang, pour atteindre celui plus élevé de l'idéal parnassien.

Si nous avons pu laisser croire que le souverain de ce cœur jouait à en abuser, réparons cette erreur. La belle était, en ce champêtre royaume, la plus délectable personne dont il avait jamais osé rêver. Les hommages qu'il lui rendait, quoique assez intimes, étaient bien dignes de son titre, dont il restait pourtant ignorant ; mais il ne pouvait se résoudre à l'assiduité qu'elle désirait si ardemment. Il avait été volage par goût ou par principe, il le demeurait pour retarder la combustion vive qui s'opérait au contact de leurs corps. La retarder, pour combien de temps ? Il continuait d'honorer ailleurs le moindre regard engageant, mais les plus tendres soupirs n'arrivaient qu'à souffler sur cette braise qui le consumait.

Déjà singulier auparavant, son air pouvait inquiéter. Excès de bien-être, état maladif, ou les deux ensemble... mais peut-on traiter de l'amour en termes d'hygiène ? Euphorie aurait convenu aux deux. Si nous avions été docteur, nous aurions peut-être employé cette formule pour le recommander à un plus éminent confrère : Une commotion légère, et entretenue par un désir alternant entre languide et ardent, agite corps et âme du patient, constituants d'une émulsion sensible inconnue, mais propre à saisir quelque phénomène surréel qu'il conviendra de surveiller comme le lait sur le feu.

Nous avons peu parlé du peuple. Il ne vivait pas mal non plus, et même à l'abri des vicissitudes. Sa vitalité, pourtant, n'était pas gâtée par le pain et les jeux, car il suait sang et eau en contrepartie. Le loisir désennuyait du travail, et le travail désennuyait des loisirs. Et le cas échéant, le bricolage désennuyait le jour de repos obligatoire. Si quelque chose ennuyait vraiment, on s'en expliquait au forum, sans détour. On appréciait même d'y écouter prêcher des agitateurs – ceux qui n'avaient pas déjà préféré le désert.

Depuis des décennies, l'occupation de tous concourait à une même tâche : l'érection d'une nouvelle cité à l'endroit où l'on démolissait l'ancienne. Ce projet pharaonique, qu'il incombait au roi de mener à bien, avait été initié sous son grand-père et poursuivi sous sa mère. Le rêve de deux générations effaçait les vestiges des précédents. Hormis quelques productions qui venaient abondamment, et que l'on aurait volontiers laissées en concessions aux étrangers tant on avait autre chose à faire, cette chose à faire absorbait toutes les valeurs ajoutées de l'économie, et le suc des vies humaines.

La capitale de demain était une affaire pensée ; on avait appliqué toute l'intelligence disponible à en dresser les plans. On y voyait, sur la même emprise territoriale, la conquête de la verticalité redonner de l'espace aussi bien aux intérieurs qu'aux lieux ouverts ; l'épaisseur et la rectitude des lignes chasser l'embrouillamini dédaléen ; et les perspectives lumineuses s'ouvrir aux axes de pénétration. Et que je te pousse dans le vacuum mille ans d'à la va-comme-je-te-pousse.

On n'avait pas lésiné sur la prolepse ; des pisse-froid étaient payés à l'objection. Se garer deviendrait facile aux véhicules, mais nécessaire aux piétons ? Voyez ces larges trottoirs. La fluidité empêcherait le peuple de se frotter, lui qui aime tant ça ? Admirez les espaces conviviaux conçus à cet effet.

Le seul reproche non reçu était qu'on avait peut-être vu un peu grand. Quelques gros pâtés furent même ajoutés çà et là pour faire bonne mesure, et plusieurs tours culminaient à bonne altitude. En se flattant d'importance, les voix officielles ne faisaient qu'exprimer un avis général.
Cela aura fière allure !
Avec ce qu'on y avait mis de fierté, on pouvait compter qu'elle transparaisse.
Cela leur montrera !
Ils n'auraient su dire à qui exactement, mais il était question de retombées touristiques, et d'attirer un sang neuf de métèques.
Ces vies sacrifiées rendront l'œuvre sacré
Aux suivantes de s'en montrer dignes
Que leurs enfants se fassent agents d'entretien de leur folie, là était l'utopie. Ils auraient pu reprendre le mot que le vieux roi avait prononcé devant les premières maquettes : *Au moins, ça les occupera.* Et ce n'était pas fini que cela prenait déjà la poussière.

Ce décor presque planté, voici qu'un beau matin, sans prévenir, une petite chanson arriva de nulle part. C'est le vagabond qui l'eut en tête au réveil. Il l'arrangea un peu, ou plutôt il se creusa la tête pour lui arranger de la place. Lorsqu'elle fut à son aise, il la chanta à une de ses courtisanes, qui se la fit répéter avec force caresses avant d'aller la répandre à tous les vents. D'autres l'entendirent et la recommencèrent plus loin. Elle était facile et gracieuse et neuve. Portée par ce qu'elle éveillait, en quelques jours elle avait pénétré jusqu'au cœur de la ville. Et fut bientôt connue de tous, sans que personne ne sache plus où il l'avait entendue la première fois.

Comment une chose aussi peu compliquée avait pu attendre tout ce temps pour sortir de rien, cette question était une des formes que prenait l'étonnement de ceux qui s'étaient laissé persuader que tout avait déjà été fait.

Cependant, les grands travaux s'achevaient. Avec les finitions, ce n'était plus qu'une question d'années ; on était dans les inaugurations. Oui cela avait fière allure ! Cela n'empêchait pas les petits garçons de pisser dessus, les petites filles de mesurer qui avait été le plus haut, tous chantant la petite chanson. C'était bien inauguré... mais les grandes personnes y mirent plus de préparatifs, et une autre tenue.

Au premier printemps, quand vint le premier jour du programme cérémoniel, le soleil pâlit devant tant d'apparat. On célébrait la très longue avenue – la plus belle du monde – qui reliait le grand stade à un noble mausolée. Un lourd attelage promenait le couple royal parmi la liesse populaire. Les hymnes formant cordon, la petite chanson ne passa pas, elle restait cachée ailleurs, chez ceux qui y avaient la tête. Au cours du défilé, le roi observa une extrême distraction chez la reine, elle pourtant, dont l'enthousiasme avait été son principal réconfort quand il se décourageait de n'avoir jamais vécu qu'au milieu des échafaudages. Il lui prit la main et s'enquit :

– N'est-ce pas magnifique, ce que nous avons parachevé ?
– Mais c'est tout à fait ridicule, mon chéri... Et maintenant que c'est là, ça ne va même plus s'en aller.

Ridicule ? Pourtant, ces proportions étaient sans exemple dans l'univers ; et c'était du solide. C'était l'œuvre de son peuple, il ne pouvait qu'en être lui-même solidaire – quand bien même sa simplicité lui aurait fait accepter l'humiliation personnelle. Il mit donc la réaction de la reine sur le compte d'une contrariété féminine ; l'enfantement de l'héritière, événement si merveilleux, n'avait-il pas été suivi d'une dépression maternelle, aussi inexplicable que médicalement normale ?

Le lendemain, comme à l'accoutumée, le roi sortit par le souterrain, pour se rendre chez sa maîtresse en son petit château. Elle saurait dissiper la sourde affliction qui l'avait trouvé matin chagrin. Mais il fut consterné d'entendre le même air que la veille :

– Oh c'est à peine risible, mon ami, lui dit-elle. En revanche, écoutez donc cette petite chanson que j'ai entendue au marché.

Le cœur a ses raisons qui convainquent de n'avoir pas raison en tout. Mais voilà que celle qu'il croyait sa seule raison d'être, par son mépris, révélait l'autre, la raison d'État. N'avait-il tout investi dans chacune, que pour voir leurs valeurs s'annuler ? Le roi se sentait annihilé. Il n'y comprenait rien.

Il ne comprenait pas non plus la petite chanson, même de la bouche de l'être aimé. Si les bâtisseurs l'avaient comprise un peu seulement, ils auraient songé un instant à la faire interdire.

Ha ! Il aurait fallu d'abord habeas corpus ! La petite chanson les narguait gentiment. Et on ne pouvait la comprendre qu'en tombant en son pouvoir.

Il s'étendait rapidement, la contagion était populaire. À ce titre, l'orchestre de la garde l'avait même inscrite à son répertoire, pour la mettre au pas. Mais aux premiers rangs de la foule, une frange mélomane se battait les flancs et les cuisses aux ploum ploum qui tsouin-tsouinaient au-dessus des shakos. Car la petite chanson ne se laissait pas faire ; elle se riait d'elle-même. Il manquait toujours quelque chose à la partition, qui avait échappé au copiste, et dont l'absence se révélait si évidente que la petite chanson, tronquée, triomphait encore.

Cependant, le vagabond avait encore passé "*la nuit sur l'herbe des bois*". Une autre petite chanson lui était venue ; tout le jour, il essaya son organe à lui donner forme aérienne. Et le soir, comme il musait derrière une haie, elle s'en échappa ; un promeneur la contracta, contamina le voisinage, et maintenant elle grimpait à son tour le long des tristes façades (oui, c'est ainsi que nous les qualifions à notre tour, peut-être injustement). Cette fois, l'immatériel menaçait l'immobilier. Car il y en eut bientôt dix, puis cinquante, dont aucune n'empruntait rien aux autres, et chacune avait sa vie propre.

Ce n'était pas rien, avec un tel succès. Mais personne n'en réclamait le copyright. Alors quoi ? Les bâtisseurs tentèrent de s'en attribuer la paternité, laissant entendre qu'elles naissaient de la nouvelle harmonie urbaine. Sans insister, car il revenait à leurs oreilles que les roses poussaient sur le fumier.

À leur décharge, accordons que rien de ce qu'ils auraient

bâti n'aurait été habitable sans la moindre chanson. Ils avaient aussi ajouté Ville de Lumière au nom de la capitale, mais on pouvait aller constater dans la campagne alentour que la lumière, sous ce climat, jouait aussi bien sans ce jeu de construction. Ce fut pourtant le surnom de Ville Chantante qui resta – la raison n'en sautait pas aux yeux.

Il n'est que de visiter une ville fondée par des marchands pour savoir qu'ils ne payent pas tout ce qu'ils emportent. En plus d'architecture, une caravane était repartie un jour avec la première petite chanson. À l'étape suivante, c'est elle qui débarqua et donna des idées d'urbanisme. On sentit d'abord une pure forme jaillir, réfléchir un peu d'écume, et s'absorber dans la raideur de l'inerte. On écarquilla ce qu'on put, sans rien percevoir ; en cela tenait le prodige, que rien de tangible n'avait changé dans ce qui était méconnaissable. Ensuite, de mémoire, des poitrines qu'elle avait enflammées récitèrent le phénomène, qui réitéra son enchantement.

Elle alla ainsi jusqu'au bout du monde. Où elle s'installait, elle changeait la couleur des rues, sapait l'autorité, dévaluait les vanités, portait les fardeaux, et donnait toutes sortes d'idées peu méchantes, comme celle de s'embrasser. Partout où l'on en frottait l'air, son génie réalisait un vœu auquel l'ingénierie n'entendait rien.

Les suivantes ne surprirent plus, elles étonnèrent toujours. En toutes choses, leurs grilles harmoniques servaient de grilles de lecture. Que l'on fût prophète ou messie, on resta coi ou chez soi, car elles offraient le service intégré. La fête de la musique, abolie, devint jour du point d'orgue. Elles inspirèrent aussi les constructions, un farfelu proposa même un béton précontraint à leurs variations de pression. Et dans leur sillage fleurirent un jour quelques natives, qui à leur tour partirent voyager.

Par les voies diplomatiques, le roi commençait à recevoir des félicitations de l'étranger. Ses confrères monarchiques louaient la qualité de ses réalisations, l'eurythmie des compositions, et surtout l'économie de moyens, admirable pour quelque chose d'aussi élevé... Le roi n'en écoutait pas davantage, il ne comprenait qu'une chose, c'est qu'on se payait sa tête. Il s'en ouvrit au parlement, qui décida que le monde était jaloux. Mais cet aréopage, avec le temps, finit par accepter ces louanges sincères ; et l'opinion que l'on avait d'eux par prévaloir sur celle qu'ils s'étaient faite eux-mêmes.

Il fallut un certain temps pour qu'on le remarque, mais subitement, il ne vint plus de nouvelle petite chanson. On en avait déjà tellement, certes, mais comme on cherche une explication à tout, certains observèrent qu'on ne voyait plus le vagabond, et imaginèrent une cause ou l'autre. Mais pouf ! on oublia tout à fait ce bon à rien.

On n'oublia pas la reine, qui d'ailleurs n'était pas perdue. Peu importe ce qui fut dit ou cru, elle obtint le divorce sans dévoiler ses motifs. Considérant qu'elle avait bien tenu son rôle initial, il fut facile de trouver un arrangement qui siée à son mari ; lequel se mêla moins à son peuple dès que la nouvelle reine s'installa au palais. L'ex se retira en son manoir, qu'elle conservait avec pension et gens en sa qualité de future reine mère. Elle ne fit jamais état que rien ne manquât plus à son bonheur.

La génération qui grandit après que le dernier chantier ferma ne fut pas désœuvrée. Laissant les murs de leur cité s'embellir de lézardes et de lierre, ces jeunes musiciens consacrèrent leur temps à jouer et à chanter la musique qui, en quelques années, était arrivée par leur pays. Et on eut "*encore de quoi vivre pendant quelques siècles de ses idées et inspirations.*"

Mais personne ne sut jamais vraiment d'où étaient venues les petites chansons.

Note : Les passages entre guillemets sont respectivement de G. Brassens (*P... de toi*), Ch. Trenet (*Je chante*), et F. Nietzsche (*Le Voyageur et son ombre*, #155).

Le larcin

« Bon Dieu de bois, j'y suis encore arrivé. Il n'y a que moi qui puisse écrire comme ça... »
i-zimbra est vidé, mais heureux. Il n'y a plus qu'à envoyer ça à bellettris.fr. Un dernier détail à régler : i-zimbra n'écrit qu'à la plume d'oie. Il ne s'en vante pas, considérant que c'est quasiment un secret de fabrication. Ça ne l'empêche pas d'être à la pointe du progrès, et il s'empare du scanner manuel pour lui faire parcourir son texte ; il doit cependant taper la fin, que son épuisement a rendue illisible pour le logiciel. Puis il se connecte au site et fait un copié-collé.

Pas de précipitation ! Il va d'abord s'asperger le visage à l'eau tiède. Ensuite, il passe quelques minutes à la porte-fenêtre du balcon, à contempler le soleil qui émerge de l'horizon dans la gloire d'un ciel cuisse de nymphe, et à attendre l'appel du sifflet de la cafetière. En mai, mets ton cache-nez, pense-t-il. Et les travailleurs de nuit vont devoir mettre les bouchées doubles.

Il s'autorise un bâillement, et sa tasse remplie, effectue une relecture ultime dans la fenêtre de prévisualisation. Les derniers scrupules évacués, il clique sur "envoyer". Ah je sens qu'ils vont l'adorer, celle-là.

Mais il est encore bien tôt. Ce n'est qu'une demi-heure plus tard qu'un correcteur du site, Vrekner, prend connaissance de l'envoi sur son ordinateur portable. Il se trouve alors dans une rame du RER qui vient de quitter Val-Fleury, sur la ligne C.

Vrekner est un ami des lettres. Il a même écrit un jour un livre sur la poésie du quotidien. C'était une époque de vaches maigres ; un travail prosaïque, fait pour échapper au quotidien. Travail qui lui a rapporté un fric qui lui fit oublier un temps le quotidien. Il n'en a jamais été fier. Délayer des paradoxes à deux balles à partir de simples oppositions de mots... Si ça s'est vendu mieux que de la poésie, c'est bien que ça n'en parlait pas !

Aujourd'hui qu'il est à l'abri du besoin, Vrekner est revenu à la littérature, pas seulement pour échapper à la poésie des transports en commun ; il y voit un îlot de désintéressement dans ce monde sans pitié où personne n'est tout blanc, lui le premier. C'est ainsi qu'il s'est retrouvé comme bénévole sur bellettris.fr, où il consacre ses moments perdus à découvrir et faire découvrir des talents.

Il lance le navigateur, et commence à sucer une pastille, ne sachant trop s'il faut craindre d'avoir reçu encore quelque pensum d'un plumitif sur le retour, ou espérer qu'une muse a guidé jusqu'à lui un jeune écrivaillon mal dégrossi mais au style neuf. Au lieu de ça, c'est un choc : Encore un texte d'i-zimbra à publier ? Mais quelle verve ! Vrekner aurait taxé de graphomane tout autre auteur, mais la qualité de cette écriture-là semble inaltérable. Une plume reconnaissable entre toutes. Il se dit même que s'il n'avait vu que le titre, il aurait deviné que c'était de lui : *Le Larcin...* Simplicité, sonorité... Voyons vite de quel nouveau bijou il vient parer Bellettris, et ce que cache ce titre...

Toujours cette orthographe impeccable... Il aura laissé trois ou quatre fautes, mais c'est pour nous faire plaisir ; il sait que les correcteurs sont frustrés quand ils ne trouvent rien. Je suis comme un orpailleur ; qui ne trouve jamais assez d'or pour vivre, mais ce court instant où son tamis a ce reflet brillant est le plus gras des salaires.

Et ce petit mot qu'il a joint à l'attention des petites mains qui portent sa parole au public : « J'espère ne pas vous causer trop de désagréments si ce texte a été mal relu, et je ne sais toujours pas utiliser les balises. » Je me souviens quand on a reçu son premier texte – celui-là, je peux le réciter par cœur. Au troisième, quelqu'un proposa de lui demander de faire partie de l'équipe. J'avais dit : « i-zimbra est un génie, je refuse qu'on l'engage comme correcteur, ça lui prendrait du temps d'écriture. » Alors les balises html, c'est un plaisir de les lui ajouter. Si ça se trouve, il voudrait des enluminures et n'ose pas demander.

Ce texte est vraiment une merveille. Ne pouvant s'empêcher de le relire une fois de plus, Vrekner a encore le temps de le mettre en ligne, mais il en oublie sa correspondance. Dans celle qu'il prend à Saint-Michel, il rédige le commentaire qui sera le premier à s'afficher sous le mot "Fin". Exercice périlleux s'il en est. Une telle œuvre se suffit bien à elle-même. Comment honorer sans souiller ? être pertinent sans paraphraser ? enthousiaste sans être servile ? Il termine par la note d'évaluation : C'est le plus facile, il n'y a qu'à choisir la plus haute.

Il y a aux Éts Matheson un sous-directeur, consciencieux et dynamique, et presque trop poli, ayant un gros penchant pour la fiction littéraire. Dès 10 h, il s'arroge une pause pour lire une nouvelle pas trop longue sur bellettris.fr, où il est connu sous le pseudo suMac. Il a parfois l'impression bizarre que c'est un prête-nom ; mais il n'y a aucune embrouille, il n'a pas besoin d'homme de paille sur un site gratuit ; suMac c'est juste lui-même.

Ce matin est un matin béni, i-zimbra a envoyé quelque chose. Tiens, Vrekner a déjà mis un commentaire. Clairement enthousiaste, malgré les habituels faux-fuyants qui lui tiennent lieu de sens critique. Lui aussi est fan d'i-zimbra, mais suMac est inconditionnel. Il ferme les yeux, inspire, puis expire une longue colonne d'air (conditionné – c'est lui qui l'a fait installer), avant de commencer à goûter ce moment rare et fort qu'est la première lecture d'une nouvelle d'un auteur de cette trempe. Et il fait bien, car cette lecture lui coupe le souffle. À la fin, il reste figé quelques secondes, et comme un plongeur qui refait surface, s'exclame : Gé-nial ! Les employés de l'étage lèvent le nez un instant, concluant rapidement qu'il est en train, une fois de plus, de péter ses objectifs de résultats. Car s'il y a bien quelque chose de non fictionnel, c'est le fric qu'il fait chez Matheson.

Pour se consoler de n'avoir pas été le premier à complimenter le maître, il rédige un long commentaire du texte, exposant sans en avoir l'air, et sans éventer l'intrigue, qu'il en a compris chaque finesse. Il pense même avoir trouvé les mots pour indiquer à l'auteur qu'il l'a – seul – suivi dans les méandres fluides et denses de son esprit flamboyant. Quant à l'évaluation, bien obligé de copier ce vieux Vrekner : Exceptionnel. Enfin il valide sa contribution, se réjouissant du réconfort qu'il est en train d'apporter à i-zimbra, sachant que les génies sont perpétuellement angoissés. Il a une telle foi en son idole qu'il n'imagine pas un instant qu'elle puisse se reposer sur les lauriers qu'il vient de lui tresser.

Il n'y a pas de danger ! i-zimbra carbure à l'éloge, ces deux premières doses vont booster sa créativité. Et le coller illico à une nouvelle œuvre, avec la même frénésie que si on avait posé une nouvelle cafetière pleine près de son écritoire. En attendant, *Le Larcin* semble bien constituer la meilleure d'i-zimbra à ce jour. Lui-même a pu en douter, n'ayant pas le recul nécessaire, mais aussi parce qu'il a déjà mis la barre de son génie plus haut. Génie dont l'éclat actuel est encore appréhendable par tout amateur éminent.

Vers midi, Whacker, l'un des plus anciens membres de Bellettris, entre dans un cyber-café ; où il s'installe à son ordinateur habituel. Il commence à en tapoter le clavier à travers la fine housse anti-doigts gras, et manque s'étrangler avec la première bouchée de son croque-madame quand il voit de qui est la dernière nouvelle publiée. Sacrebleu ! Encore lui ? Mais comment fait-il pour être aussi productif... Whacker dévore en première lecture, boit en seconde. Ses yeux se mouillent. Que ne donnerait-il pas pour écrire comme i-zimbra... sa situation ? Oui, tout abandonner, et rester chez lui pour s'y mettre. Pour s'y mettre réellement, pas pour tergiverser et perdre encore des années à attendre que l'inspiration lui tombe dessus. C'est trop bête...! alors qu'il sent, là, qu'il aurait été capable de l'écrire, ce *Larcin*. Tiens, c'est comme si i-zimbra le lui avait volé.

D'ailleurs il est cent pour cent d'accord avec Vrekner et

suMac : Exceptionnel !

C'est alors qu'il remarque une jeune femme à la table voisine, qui a fait tomber son mouchoir. Il le lui ramasse ; il est tout sale, et elle n'en a plus : il lui offre un des siens. Elle daigne sourire tendrement à son air hagard. C'est évident : il vient de trouver l'âme sœur. Ce n'est pas ce qu'il imaginait être l'amour fou. Non, d'ailleurs s'il bat la breloque en ce moment, ce n'est pas vraiment par un déchaînement de passion. Mais qu'est-ce que c'est donc, Whacker, si ça n'est pas de la passion ? En tout cas... en général, lorsqu'on croise son double, on change de trottoir (ce n'est jamais le double qui change de trottoir), mais on n'imagine pas croiser son double de l'autre sexe. Et en l'occurence Whacker ne songe pas du tout à fuir dans un autre espace-temps. Elle non plus. Bien au contraire.

Il lui propose de s'inscrire à bellettris.fr. Il faut lui choisir un pseudo, elle propose Thot. Tiens, pourquoi Tot ? Déjà qu'il vient de rencontrer son double... et elle veut s'appeler Mort en allemand. « Ben, c'est la divinité qui a inventé l'écriture... » Oui bon. Euh, qu'en ont fait les Grecs ? « C'est pas Hermès ? » fait l'adorable voix. C'est ça ! et c'est le patron des voleurs... « Oh bah je suis pas une voleuse ! » Non, bien sûr. Tu sais quoi, on va garder Marguerite, ça me plaît beaucoup.

Comment il sait son nom, mystère. Toujours est-il que Marguerite, nom réel ou pas, valide les champs obligatoires du formulaire d'inscription. Aussitôt après, elle est en train de lire *Le Larcin*, et en sort tout émoustillée. Sur ce, elle laisse son cœur s'épancher dans un commentaire enlevé ;

mais ressent la note plafond comme un butoir mesquin barrant son élan passionné. Cependant l'heure tourne ; Whacker paye les deux consommations, avec un billet qu'il ne se souvient plus avoir mis en poche, et ils sortent. Ensemble. Il faut pourtant retourner à l'ennui des affaires. En se jurant une fois de plus que cette fois, il va changer de vie et cesser de se mentir.

On a rarement vu ça sur bellettris.fr. Mais ce n'est sans doute pas fini, on n'est qu'au début de l'après-midi. Il est 15 h à la montre d'EdAlPo. L'homme ainsi pseudo-nommé se trouve dans un taxi coincé dans les embouteillages pas très loin de la Madeleine. Il vient de faire fermer sa vitre au chauffeur qui prétend qu'on étouffe : un vrai malade ! Autant brancher le pot d'échappement sur l'habitacle... EdAlPo est un peu las, mais ce n'est pas l'heure de dormir ; il a encore un client à voir avant de repasser au bureau. Ah il en a vendu, des trucs pourris ! Depuis les cours de récréation, autant qu'il se souvienne. Et avec quel aplomb ! Même quand ils étaient poursuivis pour recel, ses clients ne songeaient pas à l'incriminer. Convaincus par sa bonne mine. Et maintenant qu'il est dans les assurances, que tout est parfaitement légal, maintenant il a presque honte. Qui est assuré contre le risque, à part sa compagnie ? C'est lui qui a tout pensé, mais bon, il ne va pas virer le patron. Toujours garder une bonne poire pour la soif.

EdAlPo se dit que c'est le moment d'essayer la nouvelle fonctionnalité de bellettris.fr : l'accès au site depuis un mobile. Il entreprend de configurer son nouveau joujou et de se connecter. Quitte à rester là une heure, de toute façon il refuse de finir à pied, même dix minutes dans cette pollution non merci... Fonctionnalité : il aurait aimé être une petite souris à l'Académie le jour où le mot a été soumis aux habits verts. Même aujourd'hui, lequel des quarante sait ce qu'est un stylo numérique ?... Mais je suis une bille aussi ou quoi ? Si ça pouvait marcher, ce truc, je participerais plus souvent à la vie du site.

Paf ! ça y est, ça roule... bravo au webmestre. Sur la page d'accueil, EdAlPo n'a pas le temps de s'extasier sur la prouesse technique, qu'il est saisi par un assemblage de lettres qui fonctionne depuis longtemps sur lui comme un idéogramme : i-zimbra égale émotion égale lire immédiatement. Égale même quarante-et-unième fauteuil. Accessoirement, il est interpellé par le titre, mais il a trop de respect pour l'écrivain pour penser qu'il n'aura rien à lui apprendre à lui, EdAlPo, de sa propre spécialité. Alors il lit. Au mot "Fin", il a l'impression que ses fesses viennent de reprendre contact avec la banquette du taxi. Alors il relit. Et tout doucement il se sent à nouveau monter, très haut au-dessus du trafic parisien.

Est-ce un effet hypnotique ? En tout cas, il n'a plus du tout envie de dormir. C'est comme si de lire la *poièsis* en prose d'un esprit supérieur avait métabolisé les substances hypnogènes qui s'accumulaient dans sa pauvre caboche. En langage non-scientifique : il a retrouvé sa pêche d'enfer.

Gloire à toi, i-zimbra, psalmodie-t-il, et bien que détestant ce bel unanimisme à son sujet – qu'on ne me dise pas que tous ces gugusses sont capables de le comprendre comme je le comprends –, c'est sans aucun remords qu'il aligne son "Exceptionnel" sous les autres.

Le taxi a redémarré. Il reste quelques minutes, il en profite pour visiter quelques-uns des forums consacrés à cet *auteur de notre temps*. Et tombe sur ce post de 10-SE, qu'il avait oublié : « Pour apprendre le français à un petit Chinois, c'est simple : faites-lui lire la moitié d'une histoire d'i-zimbra dans sa langue natale, et il se débrouillera pour traduire le reste. » Comme c'est vrai...

De tous les pseudos inscrits à bellettris.fr, c'est sans doute 10-SE qui cache le plus grand fondu de la bagatelle. Pas spécialement réactionnaire, il regrette quand même l'avancée sociale qui a créé la semaine de cinq jours, car il aurait volontiers placé six cinq à sept dans la semaine. Les passer avec la femme de son patron, c'est ça l'avancée sociale ! « Et encore ça qu'il n'aura pas... » lui grogne-t-il en lui attrapant les chairs de partout.

À 18 h 30, il est comblé, elle aussi, mais elle allume quand même une cigarette – « la cigarette après l'amour ! c'est la seule qui me fait envie... » Il se dit qu'il faudrait écrire sur les boîtes de capotes que baiser provoque le cancer de la gorge. Il lui emprunte son portable et va s'installer au bout de leur nid d'amour. Tiens, si je lisais la nouvelle du jour... *Le Larcin* ? Titre prometteur. Moins toutefois que le nom de l'auteur. En l'apercevant, 10-SE se précipite sur le clic. Souvent, il aime aller à la rencontre d'un style, quitte à être déçu ; le style d'i-zimbra, il le connaît par cœur, mais c'est un peu comme Jeanne, il ne s'en lasse pas. Mais Jeanne, elle, pourrait se lasser. J'en ai assez de jouer des personnages, je divorce, dit-elle, et que les choses soient claires pour tout le monde !

Si ça pouvait être si simple, mon amour...

Pas comme l'histoire dans laquelle il est plongé. Après la seconde lecture, il consulte les évaluations bellettristes. Exceptionnel ? Non, la seule chose qui mériterait le qualificatif serait une transcription, même approximative, du temps délicieux que Jeanne et lui viennent de partager. Mais ça, ce n'est pas dans les cordes d'un i-zimbra. Certes il porte son idéal bien haut et avec beaucoup d'art, mais pas jusqu'au septième ciel. Ça non.

Sans ambages, il se fend d'une analyse critique d'une dizaine de lignes, et d'une appréciation. De toute façon, l'auteur connaît assez les humeurs de 10-SI pour apprécier la valeur de ce « Bien ».

Ce n'est qu'à 20 h 45 que Robbe-Rick prend connaissance du *Larcin* alors qu'il se trouve chez ses parents. Financièrement, Robbe-Rick est indépendant – il gagne même plus qu'eux depuis longtemps et il a son appartement –, mais il est resté papa-maman. Quoiqu'il manque rarement de venir dîner, il prend soin de toujours s'annoncer, et avant l'heure où il sait que sa mère commence à calculer ses ingrédients.

Robbe-Rick a pris une douche chez lui et s'est changé, puis il a sorti l'auto et est venu directement. Maman l'accueille toujours comme s'il revenait du camp d'ados (il relit parfois les fausses lettres d'amour qu'il s'était envoyées par la suite pour faire plaisir à son indiscrète mère) ; et Papa, comme s'il venait en permission (il avait aussi réussi à leur cacher qu'il avait été réformé à cause de ses bronches).

Il leur a raconté sa journée – comme d'habitude – et à

l'issue du repas, ses parents se sont installés devant la télé car on rediffuse *Ne nous fâchons pas !* Robbe-Rick leur a acheté un ordinateur, leur a appris à s'en servir... mais c'est l'heure du film. Il les laisserait bien maintenant, mais ça les rassure de savoir leur bon fils à côté, à un des meilleurs moments de leur journée.

Il a réveillé l'ordi et tapé son mot de passe sur le site où il publie ses petites histoires. Qu'est-ce qu'on va faire... accueillir un nouvel inscrit, moucher un troll, conseiller un débutant ? Quand soudain :

Du i-zimbra ! Si j'avais su, je me serais connecté plus tôt ! Ouaah ! (cette phrase paraît courte, mais elle est à considérer à l'échelle du texte en regard). C'est quinze fois qu'il le relirait si la télé passait *Autant en emporte le vent.* Mais son émotion a déjà épuisé la capacité de ses glandes lacrymales.

Bon, tous ces crétins, avec leurs commentaires minables, ne se sont du moins pas trompés dans leur évaluation : Exceptionnel. Oui, c'est bien ce que ça mérite...

Oh ! mais ce truc m'inspire ! Foin du plagiat, j'entr'aperçois matière à créer quelque chose d'original. Et surtout de mon cru.

C'est sa mère qui le réveille (mais elle ne lui tend pas sa cuiller de sirop...) Des années que ce n'était arrivé. Il se revoit, encore collégien, dans son pyjama qui était devenu trop petit. Avant qu'il ne contracte cette agrypnie* sévère. – *J'ai pas sommeil.* – *Dors quand même, poussin.* Eh bien macache, si on n'a pas sommeil on n'a pas de sommeil.

* Perte totale prolongée du sommeil.

À partir de là, c'est lui qui réveillait ses parents le matin. Ça n'avait plus été pareil. C'était comme si on lui avait volé un petit peu de sa maman. En tout cas, on lui avait enlevé le droit de rêver.

Quand il avait été guéri, il était déjà un homme. Et un homme, ce n'est plus un enfant.

– Oh ! je ne dormais pas, Maman... Je réfléchissais.

Il a pris un peu de retard. Rentré chez lui au mépris du code de la route, il passe une nuit terrible. Une véritable torture mentale infligée à soi-même.

Épargnons-nous en les affres. Déjà, les premières lueurs d'une aurore beurre frais adoucissent l'éclat électrique de sa feuille de papier. La plume d'oie lui tombe de la main pour imprimer le point final. Il se sent cotonneux ; mais le résultat est là.

L'a-t-il vraiment fait ? Est-ce que ça fonctionne toujours ?

Il relit du début une millième fois, et se met à parler tout haut : « Bon Dieu de bois, j'y suis encore arrivé. Il n'y a que moi qui puisse écrire comme ça... »

Ce texte, hommage à Richard Matheson, reprend le thème de son fameux *Pattern for survival* (*Cycle de Survie*, 1955).

La dernière Ève

Je n'ai jamais rien raconté de certains événements de ma jeunesse, même pas dans un cahier. J'en aurais eu le loisir... toujours occupé autrement. Il y a un début à tout et le moment est venu. En faisant parler mes gènes, j'aurai terminé avant dîner.

À ma naissance, mes parents avaient dit que je serais la dernière. Ils n'avaient pas prévu que je ne cesserais d'accentuer mon retard. D'abord, je tétais tellement lentement que cela stoppa la montée de lait. Ma mère était comme ça ; plus tard elle me retirait mon assiette en disant : « Tant pis pour toi, tout le monde attend pour le fromage. » Toujours à lambiner. On ne m'envoyait même jamais chez Mère-grand, tant il était clair que le loup n'eût point trouvé non plus la patience de m'attendre.

Ma scolarité s'est plutôt bien passée, seulement on me disait souvent : « Eh bien, tu as mis du temps à comprendre ! » Je me serais presque cru sotte. Mais les autres disaient comprendre quand ils croyaient avoir compris ; moi, j'aime bien être sûre.

Puis sonna l'heure de quitter le foyer familial, et j'ai fréquenté des gens qui forçaient moins le tempo. Il y avait néanmoins toujours des réunions dominicales chez mes parents, avec mes cinq frères et sœurs. Je me rappelle bien les derniers repas de famille.

D'abord celui auquel notre père nous avait tous invités pour fêter sa retraite. Il avait travaillé dur, pour en profiter tôt et bien. J'étais arrivée à l'heure. Oh ! je savais être ponctuelle. On me soupçonnait pourtant encore d'avoir perdu du temps à regarder les paysages en venant : « Tu es partie de chez toi à quelle heure ?... Tu as eu des bouchons ? » m'avait demandé mon grand frère. Il m'avait doublée si vite, sur la route, qu'il ne m'avait pas vue. Il était dans je ne sais quelles affaires, mais qui marchaient bien. De mieux en mieux : il avait de moins en moins de temps pour faire les trajets entre des clients de plus en plus nombreux. Je ne sais pas s'il est heureux là-haut, parce qu'il ne sera plus jamais pressé. Je me souviens bien de lui ; on a continué de citer sa réussite en exemple.

Après le repas, j'avais sorti un de ces appareils pour rester connecté avec le monde, un cadeau si je me rappelle bien. Tout le monde le pensait mais je crois que c'est ma seconde sœur qui l'a dit : « Tu as quand même fini par te mettre à la page ! » La sienne de page s'est tournée l'année suivante. Elle fut une martyre de la modernité. Parce que c'est une religion, les nouvelles technologies. Elle s'était encore payé un machin à peine homologué, dernier cri. Elle n'en poussa qu'un... ce n'est pas comme si elle avait souffert longtemps à cause des émanations toxiques ou des radiations, comme cela arrive.

Papa était content de sa réception, et je ne la lui ai pas gâchée, car je venais de trouver un très bon travail. « C'est pas trop tôt, si tu veux assurer tes vieux jours. Je ne serai pas toujours là pour veiller sur toi. » Le dimanche suivant, c'est moi qui le veillais. Son cœur l'a privé de sa retraite.

Oh la la. Je me rends compte pourquoi je n'ai jamais parlé de ça à personne : ça ressemble à une histoire drôle. Mais s'il avait fallu que j'entre dans les détails, il y en aurait eu pour pleurer et à quoi ça sert ? Et puis il faudrait parler aussi des moments heureux... L'été qui a suivi le décès de notre père, sa veuve avait encore pu réunir une fois tous ses enfants. Un rayon de soleil revenait dans la salle à manger. Moi, j'avais été toute contente d'annoncer que j'avais acquis ma jolie maison. Las ! je leur donnais encore l'occasion de me faire sentir que mes moyens étaient ridicules : « Mais tu vas mettre toute la vie, pour la payer ! » Et après ?... Ils se sont pourtant bien trompés, mais eux en étaient déjà aux résidences secondaires. Ils faisaient des placements qui rapportaient vite, dont les gains futurs garantissaient leurs trains de vie – c'est ce qu'ils essayaient de m'expliquer, mais quand on vit dans l'instant comme moi, on se livre à d'autres genres de spéculations. « Qui ne risque rien n'a rien. » C'était dans la lettre qu'on trouva à côté de ma sœur aînée... Et j'avais senti que pour ceux qui restaient, cela sonnait encore comme un reproche à mon encontre.

Le dimanche midi, on a le temps de manger des bonnes choses. Mais puisque c'était le moment de raconter comme on avait bien utilisé chaque heure de la semaine, ça ne devait pas les changer des fast-foods : ils avalaient tout rond pour avoir le temps de parler. Chez Maman qui faisait toujours beaucoup à manger, je me servais peu pour avoir le temps de mâcher, et ne pas faire attendre entre les plats, mais ça ne ratait pas quand même : « Tu en mets un temps pour avaler trois haricots ! » Je crois que c'est mon dernier frère qui a eu un cancer des intestins. C'est le seul qui ait mis du temps à mourir. Après, il a pris celui de manger les pissenlits par la racine.

Cette hécatombe a sans doute travaillé notre mère, mais comment savoir ? elle a toujours vu les choses d'un point de vue très personnel. « Ce qui est fait n'est plus à faire. » Il faut l'avoir connue pour saisir l'aphorisme dans toute sa profondeur philosophique. Lorsque j'entends ça aujourd'hui, je la revois devant moi, à quatre pattes sur le carrelage. Elle tuait le temps, il n'en restait rien ; elle faisait tout en un rien de temps. « On n'a pas toute la vie ! » c'est comme ça qu'elle me houspillait. Qu'on ne me demande pas ce qu'elle voulait dire. Et pour qu'elle l'eût su elle-même, il aurait fallu qu'elle s'arrête pour y penser. Quand elle a vu ce que ça durait dans la famille, la vie, c'est comme si elle s'était dit qu'il était grand temps qu'elle en mette un sacré coup. Je n'aimerais jamais paraître l'âge qu'elle avait à cinquante ans. J'ai oublié ce qu'avait dit le docteur, il n'y a peut-être pas de terme médical pour "morte d'épuisement". En tout cas avec sa manie de sans cesse tout laver, je n'ai même pas eu à faire la toilette du corps.

Sans croire au Prince Charmant, j'avais toujours pensé que je finirais par trouver un garçon raide dingue de moi, et – la nature étant bien faite – qu'il ne me déplairait pas. La nature n'y fut pour rien : le premier fut le fils d'un préfet. À mon mariage, je pris comme témoin le frère qui me restait. « Eh bien tu en as mis du temps à te caser ! » m'avait-il félicitée. Pour lui, une femme n'avait pas d'autre but dans la vie, et il considérait sans doute le mien atteint. Mais un homme a d'autres ambitions. Ce tout juste trentenaire se voyait bientôt ministre ; il avait pris de l'avance dans la course aux honneurs. Toutefois, c'était grâce au soutien des « hommes d'honneur ». De drôles de fréquentations. Et quand ils ont misé sur un autre cheval, ils ont mis mon frère à la réforme. Pour les chevaux, cela signifie la boucherie ; de toute façon, on n'a jamais retrouvé le corps de mon frère.

Je me souviens encore assez bien de cette famille, même si j'ai fait le ménage dans ma mémoire. Parce que la jeunesse est quelque chose qui marque. C'est fondateur. J'en parle peut-être avec beaucoup de légèreté, mais cela fait maintenant presque quatre-vingt-dix ans, alors, comme on dit, c'est loin tout ça. D'autant plus que je n'ai pas eu trop de nouvelles de mes neveux et nièces. J'espère qu'ils vivent encore. Oh je ne crois pas qu'ils m'aimaient beaucoup... c'est comme s'ils m'avaient jugée coupable. « Évidemment, ce n'est pas à elle que ça risquait d'arriver », voilà ce qu'ils devaient penser. Mais si le destin avait été inversé, ma famille aurait pu dire au contraire – à mes funérailles : « L'avenir appartient à ceux qui se lèvent tôt ». L'un dans l'autre, on a toujours raison. C'est pourquoi je n'ai jamais voulu tirer une morale de cette histoire ni en instruire les gens pressés. Mais j'ai développé une aversion pour le temps imparti et dès que quelqu'un regarde sa montre en me voyant, je prends mes jambes à mon cou.

Si le temps c'est de l'argent, j'étais donc bien riche. Je l'ai toujours su, au fond. Et ce qu'on me reprochait, c'était une forme d'avarice... Pourtant, j'en donne beaucoup, de mon temps. Aux petits enfants par exemple. J'ai toujours aimé leur compagnie. Ils ont ces jeux d'empilement, avec des cubes, ou n'importe quoi : Plus ça monte, et plus on s'attend à ce que ça s'écroule. Aux anniversaires que je faisais à la maison de retraite, je lisais la même chose dans les yeux du personnel (certains sont maintenant pensionnaires). Mais depuis quelques années, ça ne me le fait plus. À tel point que l'autre jour, quand j'ai eu mon malaise, j'ai eu le temps de voir qu'ils étaient tous réellement incrédules.

Lorsque j'ai vu défiler toute ma vie comme un grand film, il y a eu quantité de séquences qui m'ont émue aux larmes, et au regard desquelles je serais volontiers allée jusqu'au mot "Fin" le cœur léger. Mais j'ai eu une rémission ; je tenais à dire pourquoi.

La vie continue (c'est drôle, d'habitude on dit ça après la mort de quelqu'un). Demain matin, mon arrière-petite viendra me chercher à l'hôpital, et je déjeunerai avec sa petite famille. L'aîné sera là avec sa fiancée, que je ne connais pas encore. Ensuite, j'irai voir mon ami Louis ; il est prévenu, mais sera complètement rassuré sur ma bonne forme lorsqu'il me verra arriver à pied, et nous passerons une bonne soirée. Si j'ai jamais reproché à quelqu'un d'y mettre le temps, ce n'est certainement pas à lui (ah qu'elle est belle, la vie !) Mais d'abord je lui raconterai mon *expérience de mort imminente*, une EMI comme on appelle ça.

L'âme qui sort du corps en le regardant, la lumière blanche, le tunnel, tout ça... C'était pas mal ! Je m'étais dit qu'après tout à mon âge, même si je continuais à faire tout ce que je faisais à vingt ans – certes trois fois moins vite... mais avec dix fois plus de loisirs on a du temps de reste –, enfin je me disais que c'était peut-être le moment de passer la main. Je me laissai donc aller, c'est-à-dire vers le bout du tunnel –

la mort est une minute unique ; j'étais pleine de curiosité excitée. Voilà, j'y étais. Aveuglée par la lumière blanche, je ne sais pas si au-delà les ténèbres sont complètes ou pas mais je ne distinguais pas grand-chose. Cependant j'ai gardé l'ouïe fine et tout était silencieux... jusqu'à l'instant ultime, quand je les ai entendus, tous, reprendre en chœur : « Eh bien, tu en as mis du temps ! » J'ai eu la force de faire demi-tour, ils ne sont pas près de m'y revoir !

Les trépassés ont leur temps perdu. J'ai encore tout le mien. Chaque seconde, je continue mon *expérience de vie éternelle* ; une EVE, comme je m'appelle.

Le breitschwanz

Tout a commencé l'an dernier, vers la fin de l'hiver. Je rentrais du lycée, la concierge m'annonça que Maman était hospitalisée pour une apoplexie. À l'hôpital, j'ai été rassuré de la voir en vie ; elle avait déjà repris connaissance et il n'y avait plus que sa chevelure tout emmêlée pour témoigner de la crise de convulsions.

J'appris qu'en fait d'apoplexie, on appelait ça un AVC. Les médecins sont plus savants que notre concierge, ils ont pourtant dû admettre après tous leurs examens que l'accident, s'il était bien cérébral, n'était pas tellement vasculaire, et je les voyais perplexes. Autre chose les a étonnés bien plus quand ils ont fait le tour de Maman, mais le secret professionnel les empêcha d'en faire état auprès de qui que ce soit.

De l'AVC, elle avait quand même bien des symptômes, et on craignit une hémiplégie. Mais sans doute pas définitive, ce serait une question de semaines ou de mois. Selon le pronostic le plus défavorable, elle retravaillerait avant deux ans.

Pour savoir ce qui avait pu provoquer sa maladie, les pistes habituelles ne donnèrent rien. Ni alcool, ni tabac, ni vie harassante, et la meilleure constitution qu'on puisse souhaiter à quarante ans. On m'interrogea. Est-ce qu'elle avait changé les derniers temps ? Le seul signe avant-coureur, que je ne jugeai pas utile de mentionner, c'est que c'était plutôt moi qui avais changé. J'étais en train de devenir un homme, et cela altérait nos relations. Car elle pouvait bien occulter que c'est elle qui se haussait maintenant pour m'embrasser, ou que je me rasais tous les matins, elle voyait bien qu'elle se faisait rembarrer quand elle me donnait du *mon petit cœur*. Je lui échappais, et elle en souffrit certainement.

Je n'ai pas d'autre famille que Maman. Ses parents sont décédés avant de m'avoir connu, lui laissant cet appartement où elle a toujours vécu. Quant à mon père, le type qui est allé me reconnaître à la mairie avant ma naissance a bien un nom, mais il a dû s'engager dans la marine juste après. En tout cas, on n'a plus eu de nouvelles – et puis on ne lui connaît pas de famille non plus.

On aurait pu mettre Maman dans un établissement spécialisé, mais les services sociaux auraient dû trouver une solution pour moi aussi, en ma qualité de mineur. Je crois qu'une séparation brutale l'aurait achevée ; je ne lui ai jamais connu beaucoup d'autres centres d'intérêt que moi.

Au terme de son séjour, l'hôpital jugea que malgré la perte de motricité, elle avait « sa tête ». Et l'assurance maladie pouvant payer une aide à domicile, il fut décidé que Maman rentrerait chez elle. Étant donné qu'elle avait des économies, et que je ne suis pas non plus manchot, nous pouvions donc envisager avec sérénité les mois à venir.

La gouvernante sonna à la porte deux heures avant que l'ambulance ne ramène la convalescente. Elle avait eu son diplôme d'infirmière, et commencé d'autres études tout en cherchant ce premier emploi. Lydie avait vingt ans. Maman la connaissait de vue parce que c'est une fille du quartier. Et moi un peu mieux. Ma première année au collège, elle y était encore, et c'était elle que je regardais le plus. Elle était plutôt jolie. Et surtout très gentille, ce qui facilita grandement l'adaptation à notre nouvelle vie.

Lydie dormit chez nous les dix premiers jours, ensuite elle arrivait le matin avant mon départ et rentrait chez elle le soir.

Maman est une très belle femme. Elle n'a pas manqué d'hommes pour lui faire la cour. Pour reprendre un mot souvent entendu, elle a un visage de madone, qui les subjuguait tous. Mais qui promettait sans doute un déficit de gaudriole. De tous ceux qui se sont présentés, il y en a que j'aurais bien pris comme papas. Ils y ont tous cru un moment, mais ça n'accrochait jamais. S'il y en a qui sont venus à la maison, j'étais couché. On leur ouvrait la porte, mais pour partir aussitôt au cinéma, et si elle me mettait entre eux deux, l'affaire était mal engagée. Certains payaient des super restaurants, mais celui qui m'offrait un deuxième dessert ou était trop copain avec moi, je savais que c'était fichu pour lui. Tout l'amour de Maman était pour moi, et seulement le sien.

À force de voir leurs avances repoussées, ils finissaient par renoncer. Je me souviens que pour décourager un soupirant un peu collant, mon père était l'argument, car c'étaient les seules fois où j'en entendais parler. Quand je repensais à eux, je les imaginais auprès d'une femme marrante et chatouilleuse, qu'ils ne savaient pas apprécier, choisie pour faire passer l'amertume qu'ils conservaient de l'amour impossible avec Maman.

S'il y eut jamais une mère possessive, c'est bien elle. On pourrait croire que je me serais ratatiné sous son amour étouffant, mais je crois qu'il n'en est rien. Lors de toutes les heures où elle était au travail, je profitais de beaucoup de liberté. D'abord j'appris la débrouille, parce qu'il n'y avait personne d'autre pour m'éduquer ; elle n'a jamais pu laisser ma garde à une autre femme. Bien sûr, il y avait l'école, mais j'assimilais assez vite. Alors, quand elle rentrait et me demandait si j'avais appris mes leçons, ma réponse n'était pas un mensonge : je les savais déjà quand sonnait la sortie. Et après l'école, je traînais. De préférence assez loin, parce que les femmes du quartier lui auraient cafté. Une autre fois, je raconterai le mercredi journée de l'émancipation de l'enfant !

Je disais que Maman était belle. Il n'est pas inutile de le redire. Je pourrais donner des détails morphologiques, si je ne craignais que ce soit mal perçu venant d'un fils. En la regardant de son profil gauche, son accident ne paraissait pas l'avoir vieillie. Elle avait toujours eu la peau très blanche et elle revenait juste un peu plus pâle. Mais du côté où résidait son mal, elle s'était ternie, un peu grise. La peau, mais aussi sa belle chevelure châtain foncé. Oh elle n'avait aucun cheveu gris, mais comparés au brillant et à la souplesse qui continuaient de resplendir au-delà de la raie, ils étaient plats, fourchus, et pour tout dire bien dans l'allure du profil droit, crispé, morne. Et plus encore, mais à l'époque, on préférait dire malade.

Elle était maintenant en fauteuil roulant. On parla d'hémiparésie : Elle n'était pas paralysée, mais devait réapprendre à commander la moitié d'elle-même partie en divagation.

Perte de motricité du côté droit. Diagnostic hâtif bâti sur un préjugé. Pourquoi pas « perte de motricité du côté gauche » ? Parce que le droit ne bougeait pas beaucoup, et que le gauche avait des gestes plus conformes à la doctrine utilitariste. Mais on aurait pu aussi bien dire que le côté droit avait du mal à retrouver l'usage du côté gauche.

On dit : Le côté gauche peut marcher, et pas le côté droit, il y a handicap. À la limite, on peut dire : Le côté droit veut rester tranquille, et le côté gauche a la bougeotte. Et puis, il y a une chose qui n'a pas été éclaircie. On voyait Maman capable de se lever et se tenir debout sur une jambe ; l'autre refusait de suivre le mouvement. Or, plusieurs nuits, il nous est arrivé d'être réveillés par le boum qu'elle faisait en tombant de son lit. Pas juste du lit ; on la ramassait un mètre plus loin, elle s'était donc levée. Je soupçonnais que sa patte folle essayait de l'entraîner dans des expéditions nocturnes et que c'est le côté sain qui refusait d'obéir.

En général, le côté droit ne faisait pas grand-chose, mais il faisait quand même un peu ce qu'il voulait. Par exemple, Maman ne sucrait jamais son yaourt avec sa main droite, mais j'ai vu celle-ci sucrer la mayonnaise, ou bien pousser le verre pendant que l'autre le remplissait. Ça pouvait être amusant à voir.

Un strabisme convergent, c'est comique parce que tout le monde sait loucher ; mais s'il est divergent, ça fait déjà moins rire. Ce que faisait l'œil droit de Maman était à même de susciter des frissons d'angoisse. Il était constamment affolé, et paraissait appartenir à quelqu'un de complètement perdu – voire éperdu –, arrivé accidentellement d'une exoplanète. Et il y avait les rictus, affreux. De profil on s'y faisait, mais de face il fallait du flegme. On connaît l'expression vulgaire, et surtout indélicate : « elle a un œil qui dit merde à l'autre ». Dans le cas de Maman, il lui disait bien d'autres choses pas tellement mieuxveillantes. Il n'est pas agréable de voir une personne faire des mimiques dans le dos d'une autre. Encore moins quand elle les fait dans son portrait.

Des voisines et ses relations de travail vinrent en visite. Ensuite, elles se sont contentées de téléphoner de temps en temps. Effrayées, bien sûr.

Maman était donc dédoublée. Au bout d'un mois, j'en parlais au médecin lors de sa visite hebdomadaire, mais il n'accorda aucune attention à mes dires ou à ceux de Lydie. À mon avis, hors des signes cliniques qu'il observait lui-même, rien n'avait de valeur à ses yeux. Les médecins en voient de toutes les couleurs, c'est certain. Il a pensé qu'on s'affolait pour rien, que le pathologique nous paraissait étrange parce qu'on ne le côtoyait pas comme lui au quotidien... Il n'y a pas de cas bizarre qui ne soit répertorié, rien n'est surnaturel, et les gens qui n'ont pas fait médecine sont à la merci de la superstition, telle devait être son opinion. Aussi, quand la situation empira, nous ne lui avons plus rien dit. Et j'avais même tendance à la lui cacher ; son infatuation m'avait refroidi et je craignais qu'il ne s'intéresse au cas Maman que dans la perspective de coller son nom à lui sur sa maladie à elle.

Quant à la kiné chez qui nous allions régulièrement, elle s'en tenait à son domaine, qui n'est pas la tératologie, et Maman faisait l'économie de ses comportements les plus aberrants lors de ses séances.

Notre vie devint assez vite un huis clos, et ça n'a pas toujours été pour détendre l'ambiance. Mais puisqu'on m'avait assuré qu'elle irait en s'arrangeant...

Je commençais à part moi à nommer Mam' le côté handicapé de Maman, et 'Man son côté gauche. 'Man demeurait telle que je connaissais Maman, abstraction faite de sa légère aphasie ; elle restait l'image de l'amour, de la bonté, de la tendresse, et de la sérénité. L'infini divisé par deux ne se réduit pas.

Et quand je regardais Mam', il était impossible de concevoir que l'autre profil affichait l'image maternelle. Mam' semblait une autre personne, et plutôt inamicale avec 'Man.

Je m'installais parfois à droite de Maman, donc seul avec Mam' tant que la tête ne se tournait pas. Quand l'œil se fixait un instant dans le mien, je ne ressentais pas la possibilité d'un échange, c'était comme si elle observait tout depuis l'extérieur. C'était comme si elle se croyait derrière une glace sans tain, incapable de réaliser que c'est elle que je regardais, que c'est à elle que je m'adressais.

Il me restait pourtant un doute sur sa volonté de communiquer ou pas. Mais je ne prenais pas ses contorsions faciales comme un effort pour y arriver. Elles étaient pure expression de l'âme. Souffrance, saleté, désespoir, sont des mots ; ils n'expriment pas ce que figurait ce demi-visage révoltant. Si une chose la poursuivait depuis le monde d'où elle venait, ou bien l'empêchait d'y retourner, je pensais devoir l'aider à trouver dans ce monde-ci un moyen opportun de l'en délivrer.

Mais elle ne laissait deviner aucune attente de quoi que ce soit, et ne réagissait pas aux stimuli extérieurs (dont j'exclus les gestes et les paroles de 'Man). Sa voix gutturale, hachée par les mouvements tétaniques de la mandibule, essayait parfois de se mêler de ce que disait 'Man – qu'il fallait alors faire répéter car c'était un duplex indécodable. Mam' parlait rarement seule, si c'est ce qu'elle faisait en produisant ses borborygmes, chuintements et cliquetis.

'Man ne semblait pas s'apercevoir de cette présence, ce n'était pour elle que la moitié de son corps qu'elle tentait de réinvestir pour vaincre sa maladie. Le docteur, qui passait chaque semaine, trouvait qu'elle allait mieux. Tu parles, Charles ! Mam' le voyait arriver, elle le roulait dans la farine ! Son œil regardait droit devant ou suivait ceux du docteur quand il lui parlait, et elle s'appliquait aux exercices de motricité. Bien synchronisée avec 'Man, laquelle était contente d'elle-même.

Mais il fallait vivre avec pour se rendre compte que Mam' collaborait bien peu aux efforts de 'Man.

Maman mangeait à table avec Lydie et moi, tenant sa fourchette de sa main gauche. Un jour qu'elle semblait effectivement mieux, j'ai voulu lui mettre un couteau dans la main droite pour qu'elle essaye de couper ses aliments toute seule. Mam' l'a pris sans trop de peine, et commençait à chipoter sa pomme de terre en tremblotant, quand, en un éclair et d'une jonglerie sidérante, elle fit passer le couteau dans l'autre sens et attaqua 'Man. Je me suis précipité à son secours ; elle avait laissé tomber sa fourchette et avait pu saisir le poignet, qu'elle ne lâchait pas de l'œil, tandis que

celui de Mam' s'exorbitait avec mauvaiseté en direction de son voisin. J'ai désarmé l'agresseure avant qu'elle ne réussisse à porter un deuxième coup. Heureusement ce n'était qu'un couteau de table.
– Tu as vu ça !? demandai-je à Lydie, qui ouvrait déjà le corsage de la victime pour nettoyer sa plaie au sein.

Bien sûr, elle l'avait vu comme moi, et elle était horrifiée.
– Elle est méchante ! fis-je. Ma pauvre 'Man !
– Mais c'est la même personne, non ? dit Lydie. *Elle est folle !* articula-t-elle pour que je lise sur ses lèvres. Ou bien c'est moi ?

Nous étions sous le choc. Mais 'Man était juste ennuyée, elle s'excusait, comme si elle avait commis une maladresse. « Il faut que je me contrôle », c'est tout ce qu'elle avait à en dire. L'après-midi, j'ai prévenu la « vie scolaire » que je serais absent, et Lydie et moi avons gardé en permanence un œil sur elles.

Au dîner, 'Man a mangé avec application. L'autre *regardait* complètement ailleurs, leva l'œil au ciel à une réflexion de 'Man, et sa main se tint aussi à l'écart, venant une fois sur la table, par défi peut-être, avançant de-ci de-là en se servant de ses doigts comme de pattes.

À minuit, encore retourné par l'acte de sauvagerie qui se rejouait dans ma tête, je ne dormais pas. D'ailleurs, il fallait bien s'assurer régulièrement que 'Man ne se faisait pas étrangler dans son sommeil. Lydie n'avait pas voulu me laisser et avait repris sa chambre comme aux premiers temps. Mais elle ne dormait pas plus que moi.

Au milieu de la nuit, nous discutions à la cuisine. Je lui conseillai d'aller s'allonger, il était inutile de veiller tous les deux. Mais nous avions besoin de parler de ça pour l'exorciser.
– Quand on veut se tuer soi-même, dis-je, c'est un suicide. Mais là, c'est quoi ?
– Euh... Un schizocide !?
– Mais bien sûr ! ironisai-je. On s'affolait pour bien peu, c'est juste *neurologique* !
– Pour moi, c'est un cauchemar.
– Tiens, raconte-moi ton pire cauchemar, ça nous déridera.
– Le pire, c'est celui que fait un enfant innocent et sans défense quand il prend conscience de l'existence du mal. Il ne l'oublie pas de sa vie... Moi, j'étais devant une toute petite cage où se trouvait un petit monstre rouge furieux. Il frappait les barreaux avec une violence inouïe, ne me quittait pas des yeux, et éructait tout ce qu'il pouvait. J'étais paralysée de peur. Je l'ai peut-être fait trois fois. Et toi ?
– Eh bien comme toi, je ne le fais plus depuis longtemps : Je me noyais... Jusqu'à ce que Maman, réveillée par mes cris, vienne me délivrer. Elle allumait la lumière, m'attrapait dans ses bras, et je m'éveillais enfin de l'horreur, encore tout suffocant. Ensuite, elle me consolait en me berçant jusqu'à ce que je me rendorme.

Lydie, qui pourtant avait ri en racontant son mauvais rêve d'enfant, resta interdite quelques secondes, agitée de tremblements nerveux, qui cessèrent quand ses beaux yeux se mouillèrent de larmes. Elle devait vraiment avoir besoin de sommeil ; je le lui recommandai derechef. En même temps je l'ai serrée dans mes bras pour la calmer.

C'est à partir de cette étreinte que nous avons pris conscience des sentiments que nous avions l'un pour l'autre. Quelques jours plus tard, nous étions amants.

L'agression s'était produite un vendredi de juin. Le samedi et le dimanche, il n'y eut pas de récidive. Quinze jours après, mes examens terminés, j'accueillis les vacances avec soulagement, et pus aider Lydie. Bien sûr, dans une situation normale, j'aurais aussi trouvé naturel de la décharger de la compagnie de Maman la moitié du temps.

Le soir, j'allais toujours revoir la malade dans sa chambre quand elle était endormie, bien que j'eusse installé une sonnette près de son lit. La nuit – moins réparatrice depuis quelque temps pour une autre raison – je pouvais y retourner, soit que le silence m'inquiétait, soit qu'un bruit me réveillait. Comme la fois où je perçus des sortes de clabaudements et de bramements. N'imaginant pas qu'on chassât à courre en nocturne, je me levai et trouvai Mam' l'œil ouvert dans un rayon de lune. J'essuyai un peu de bave sur sa lèvre et m'assis quelques minutes à son chevet avant d'aller me recoucher.

À la maison s'étaient formés deux couples : une personne en fission, et deux personnes en fusion. Si les fusionnants voyaient la fission de la personne fendue mieux qu'elle-même, peut-être que la fendue voyait notre fusion mieux que Lydie et moi. Bien que peu enclins par tempérament à la dissimulation, nous ne montrions rien de notre relation à Maman, eu égard à sa santé. Mais il a pu y avoir des signes – des riens – qui nous ont échappé. Un matin, levé le dernier, j'embrassai 'Man et dis bonjour à Lydie d'un baiser sur les deux joues, et il dut y avoir dans notre geste plus de privauté que de familiarité, car j'aperçus les deux yeux de Maman arrêtés sur nous. 'Man rougit et un muscle de son cou tirait le coin de sa bouche vers le bas. Simultanément, je crus voir chez Mam' quelque chose d'adouci, et un mouvement de bouche que, parce qu'il n'était pas abominable, je pris pour un sourire.

J'étais habitué à voir Mam' prendre le contre-pied de 'Man, mais celle-ci avait bien montré une pointe de déception. Elle n'avait pas l'œil dans sa poche et je décidai de m'en méfier. Lydie et moi fîmes alors très attention à la manière de nous parler, de nous regarder ou de nous frôler. Je crois que 'Man fut bientôt tranquillisée à notre sujet.

On avait quelquefois beaucoup de mal à tenir une conversation avec 'Man à cause des mugissements et des clappements avec lesquels Mam' pouvait lui polluer l'élocution. Mais si Mam' la laissait parler, elle pouvait aussi ponctuer les phrases de 'Man d'une sorte d'écholalie désaccordée, à laquelle on ne cherchait aucun sens. À la longue, je repérai tout de même dans ce baragouin la récurrence de quelques phonèmes et de certaines inflexions. Je soupçonnai qu'ils soient vraiment des éléments linguistiques ; j'étudie l'allemand, et à partir de mon hypothèse, je reconnus bientôt dans les émissions sonores mam'esques des accents de langue germanique.

Je tiens ici à assurer mes amis allemands que je n'assimile nullement la langue de Goethe à la terrible phonétique de Mam'.

Mais voici comment j'allais acquérir la conviction que Mam' était allemande. On était au milieu de l'été. Nous profitions de la douceur et des senteurs du soir sur le balcon. Nous avions l'impression d'être dehors. Car il faut dire que nous hésitions à sortir vraiment, et c'est souvent 'Man qui y renonçait : « Je ne suis pas très présentable... » – *Non, Maman, tu crois ?*

Le quartier baignait dans une effervescence insouciante. Sportifs, politiciens et toute la faune des talk-shows en congés annuels, on laissait les postes éteints et on découvrait qu'on avait des voisins. 'Man était concentrée sur les conversations qui montaient des cours, des jardins, et des appartements – les fenêtres étant ouvertes. Dehors la vie s'épanchait. Ça jouait, sifflait, roucoulait, froufroutait. Mam' opposait un affligeant contraste à toute cette gaieté. Lui tenant la main, je me sentais assis au bord d'un trou noir menaçant d'absorber la galaxie. Pensant ne parler que pour moi-même, je lui chuchotai :
– Mais d'où tu sors, Mam' ?
– ...Euh...le...
– Höhle ? Tu sors de ta caverne ?

L'œil s'écarquilla et le gosier reprit son raclement :
– ...Euh...le...
– J'ai mal compris ? Peut-être Hölle, alors ?...

Les grimaces et les émissions rauques cessèrent, et l'œil se figea, mi-clos, dans une infinie tristesse.
– Ach so : Enfer... Lydie, je viens de communiquer avec une entité qui nous vient tout droit de l'enfer.

– Elle te l'a dit... Et en allemand. Mais oui bien sûr.
– Alors que Maman ne parle pas un mot d'allemand.
– Moi, je n'ai entendu qu'un grognement. Continue ton délire, et tu vas devenir cinglé. Achtung ! Tu entends comme je parle allemand ? Cent fois mieux qu'elle. Et j'ai fait anglais-italien.

Je n'avais pas d'argument à faire valoir contre la sagesse de Lydie, mais j'étais décidé à suivre mon idée, et à guetter des signes de ce côté-là.

Comme un fait exprès, en quelques minutes le vent se leva, le ciel se couvrit, et un gros orage envoya tout le monde se coucher, fertilisant sans doute encore mon imagination.

Les jours suivants, je fis d'autres tentatives pour faire communiquer Mam', mais sans succès. J'essayai aussi le langage écrit, mais l'œil, quand il s'arrêtait sur le papier, ne semblait pas lire. Soit que Mam' n'en avait pas la capacité, soit que 'Man avait repris du self-control.

Quand s'abattit la grande chaleur d'août, nous étions bien à la maison. Mais beaucoup de gens étant partis en vacances, on sortait aussi plus volontiers. Maman souhaita aller au jardin. Nous en possédons un à la campagne – à la sortie de la ville en fait. C'était une bonne promenade pour y aller ; et la même pour revenir. Car bien que Lydie eût pu la conduire, Maman avait préféré vendre son auto plutôt que de la laisser finir de rouiller dehors jusqu'à sa guérison.

Nous trouvâmes le jardin envahi d'herbes folles. 'Man n'était pas contente parce que je ne m'en étais pas occupé. Nous y sommes allés plusieurs fois. Je faisais du nettoyage pendant que Lydie vidait la brouette, cueillait les prunes, faisait de la balançoire ou poussait quelquefois Maman. Mais celle-ci passait le plus clair de son temps sur son fauteuil roulant, à l'ombre. La première fois, nous l'avions allongée sur l'herbe après le pique-nique, et elle avait commencé une sieste. Nous étions partis nous embrasser au fond du jardin quand nous avons entendu crier. Accourus pour la relever, nous fûmes saisis d'un haut-le-cœur. Tout ce que l'humus du jardin comptait d'espèces d'insectes et de vers s'était précipité vers la surface pour coloniser l'épiderme de Mam'.

J'ai retiré la vermine avec mes doigts et des brindilles, et il a fallu ensuite trouver un dermatologue en urgence en plein mois d'août. Il a prescrit une pommade, et il a dit qu'on pourrait envisager de la chirurgie faciale si jamais elle ne retrouvait pas son aspect antérieur. Antérieur au sens primitif ?

Pommade pour les mœurs, la musique est aussi le langage de l'âme. Quand nous mettions la radio, je choisissais les programmes de musique classique qui diffusaient des lieder. Sans beaucoup d'effet sur Mam', peut-être parce que cela l'apaisait au lieu de favoriser une réaction. Un jour pourtant, une présentatrice annonça *Frauenliebe und Leben* de Schumann. On en était à l'avant-dernier lied quand je vis un liquide lacrymal s'écouler sur la demi-face décomposée de Mam'. Impassible, 'Man sortit son mouchoir, essuya l'œil et la joue de Mam', et coupa l'envolée lyrique de la cantatrice :
– Qu'est-ce qu'elle chante, celle-là ?

Je traduisis les mots qui avaient précédé les larmes :
– C'est une mère qui chante ; il y a ça par exemple : *Seule celle qui allaite, seule celle-là aime l'enfant à qui elle donne à manger.*
– Elle chante ça ?! Oh comme c'est vrai ! Je suis on ne peut plus d'accord avec ça.

Très bizarre. Je commençais à voir en plus de Mam' et de 'Man, des manifestations de l'inconscient de 'Man... et combien d'autres encore planquées tout au fond ?

Peu après la rentrée des classes, Lydie se déclara enceinte. Nous nous en sommes réjouis tous les deux. En d'autres circonstances, nous aurions sans doute planifié différemment l'heureux événement. C'est beau l'insouciance de la jeunesse... Elle explique aussi que nous ayons pu supporter le comportement plus qu'extravagant de ma mère.
Lydie, qui vivait avec moi depuis trois mois, rendit les clés de son appartement. Il n'y aurait plus qu'à mettre sa belle-mère devant le fait accompli. En la préparant au choc, mais avant qu'elle ne remarque le ventre de Lydie. Elle n'imaginait certainement même pas que nous couchions ensemble.

Toujours raillé par ma compagne, je persistais à dire que Mam' parlait l'allemand (dont 'Man ne comprenait pas trois mots). Un mercredi après le déjeuner, je tenais compagnie à Maman dans la salle à manger. Dehors il tombait des cordes, j'avais allumé. Assis à la table, je faisais mes devoirs à sa droite, j'avais donc Mam' de trois quarts face ; 'Man était dans

son magazine. Ma chimie terminée, je me mis à enchaîner des phrases de mon livre d'allemand, mezza-voce, mes yeux allant et venant des pages du livre à la physionomie de mon auditrice supposée. Pas de réaction spéciale – au moins ça me faisait réviser. Jusqu'à ce que je cite ce proverbe : *Der Apfel fällt nicht weit von dem Baum* ; littéralement : La pomme ne tombe pas loin de l'arbre. Enfin elle réagit :
– Aaab...
J'aurais juré que le mot qui voulait sortir était *aber*. Je vins m'accroupir à son côté :
– Mais...? Mais quoi ? Aber was ?
Toute à sa lecture, 'Man devait penser que j'étais toujours à ma leçon. Mam' fixait quelque chose. Dans la direction de son regard, je ne vis que la corbeille de fruits. J'y pris une pomme, puis ne sachant qu'en faire, la lui mis dans la main. Elle la leva à dix centimètres au-dessus de la table, la tint cinq secondes, comme si elle réclamait mon attention, puis la lâcha. La pomme roula doucement sur la table, et passa devant 'Man qui la rattrapa juste avant qu'elle ne tombe par terre.
– Repose ce fruit, mon petit cœur, on ne joue pas avec la nourriture.

J'allai raconter l'épisode à Lydie en l'aidant à vider le lave-vaisselle. Et lui expliquai que le proverbe était l'équivalent de *Tel père, tel fils*.
– C'est même plus joli, remarqua-t-elle. Alors tu as dit *Apfel* et elle a regardé une pomme, par un hasard vraiment extraordinaire puisqu'il y avait des pommes à côté. Ça n'est pas encore convaincant, je suis désolée. Mais admettons :

Elle pensait à toi sans doute, *telle mère, tel fils*. Tu es la pomme qui tombe de l'arbre qui est ta mère. Mais ta mère est trop possessive et te rattrape. Hum... Médite, médite, mon petit bonhomme...
– ... assis sur une pomme. C'est ce que je vais faire.

Mam' s'était exprimée aussi clairement qu'elle pouvait. Quand j'eus la solution cela me parut enfantin, mais aussi il n'est pire sot que celui qui a *peur* de comprendre.

Il y avait des hauts et des bas. Quand Mam' prenait de la vigueur, sa détresse, ou du moins le chagrin qu'elle suscitait en nous, grandissait. Tandis que les traits de 'Man prenaient une plastique plus gourmée. Sa carnation se faisait moins carnée, évoquant l'albâtre d'une statue. Une statue ne fait pas peur ; mais une statue animée, c'est saisissant. Moins mobile, l'harmonie naturelle gagnait en plénitude. Le médecin lui disait qu'elle était en beauté. Je comprenais ce qu'il voulait dire mais c'était une beauté un peu inhumaine. Elle se montrait toujours flattée de ses compliments. Maman aime les médecins – l'homme qui avait presque obtenu sa main l'était – et elle veut que je fasse médecine.

Quand au contraire Mam' refluait, je retrouvais Maman sur l'autre profil, avec son énergie et sa joie, et réellement embellie. Mais jamais je ne pensai qu'elle récupérait sur la maladie. Juste sur Mam'. La tension entourant leur lutte était palpable.

Je ne lui parlais jamais du phénomène dont elle était le siège. Si elle s'en était rendu compte elle-même, cela aurait marqué un progrès.

Je fis encore des tentatives, de temps à autre, pour pénétrer l'esprit de Mam', mais qui ne donnèrent rien du tout. Lydie me fit remarquer que ce n'était pas en essayant de réveiller Mam' que ma mère allait guérir. Je ne pouvais pas lui donner tort. D'ailleurs, lors de la visite du médecin, je réalisai qu'il s'était déjà passé six mois depuis l'apparition de Mam', que le médecin et 'Man ignoraient son existence, et que Lydie, malgré son léger changement de statut, n'était pas payée pour faire des expériences paranormales avec un paraphrène. Si c'est ce que je devenais – car je devais bien admettre le peu de progrès fait avec Mam'. Lydie ne niait pourtant pas son existence, il lui arriva même de mettre quatre couverts à table !

Je laissai donc un peu tomber l'infernale voyageuse, pour penser à l'autre lourde responsabilité qui m'attendait dans six autres mois.

Néanmoins, un soir, 'Man s'était assoupie sur le sofa après le dîner (avec sa rééducation, elle avait quelques journées fatigantes). Mam' ne dormait pas, elle était même spécialement mobile. Je m'assis à son côté :
– Parle-moi encore du pommier... Apfelbaum...

Son œil s'arrêta au-dessus de mon épaule. Je vis le petit bloc sur le buffet, l'attrapai avec le crayon, que je lui tendis, bien sur le côté, en cachette de 'Man. Elle commença à griffonner quelque chose, mais soudain la tête pivota et je me trouvai face au regard réprobateur de 'Man, qui vit le feuillet, l'arracha, le chiffonna, et se le fourra dans la bouche.
– Maman, recrache ça ! Tu vas t'étouffer !

Elle s'étouffait si bien qu'elle était forcée de garder la bouche ouverte. Lydie réussit à plonger deux doigts au fond de son gosier et en extirpa la boule de papier, que je défroissai.
– Qu'est-ce qui est écrit ? demanda Lydie.
– Rien, mentis-je, un misérable gribouillis ! Je ne sais pas ce qui t'a pris, Maman !

Quand Maman fut couchée, je pris le feuillet que j'avais ressorti de la poubelle, et installé sur notre lit près de Lydie, je commençai à l'examiner.
– *Schau...*
– Elle parle allemand et elle écrit chinois !
– Pas *shao*, regarde : *Schau...* Mais qu'est-ce qu'elle veut qu'on regarde ?
– Ça veut dire *regarde* ?
– À peu près.
– Mais elle n'a peut-être pas terminé. Tu as lu la *Vallée de la peur* ? Il y a aussi un mot allemand, et on ne sait pas si ce n'est pas un prénom de fille qu'on n'aurait pas eu le temps de finir d'écrire.
– Tu veux parler de l'*Étude en rouge*, c'était le mot vengeance. Ça lui irait bien, à elle.
– Tu vois, il y a un début de trait qui monte après le *u*.
– Alors, qu'est-ce que je connais comme mot... Il y a *Schauder* qui signifie horreur.
– Oh mais on n'en sortira pas...
– Et puis *Schaufel* : une pelle. Elle veut que je creuse ?
– Passe-moi ton pull, j'ai des frissons.
– Mon dictionnaire... Qu'est-ce qu'il donne encore... Ah, *Schaukel* : la balançoire.

– Elle veut retourner au jardin, c'est tout. Tu en profiteras pour ramasser les feuilles avec la pelle.
– Tu as raison : c'est amusant, mais on se casse la tête pour rien.

Je notai cependant que la balançoire de notre jardin était bien suspendue à un pommier ; celui-là même qui donnait les beaux fruits jaunes lavés de rouge qui avaient attiré le regard de Mam'.
Quand on croit avoir fait un grand pas en avant, bien souvent ensuite c'est le sur-place total. Il ne fallait certainement pas s'en plaindre. Les jours suivants, 'Man accentua sa vigilance, et même retrouva plus d'empire sur son individu. Mam' était toujours visible mais elle s'atténuait. Ce n'était pas que la pommade.
Je retrouvais toute la bonne humeur d'antan, elle devenait enjouée, paraissait même pleine d'humour – ce qui n'était qu'une posture, car Maman, je suis navré de le dire, n'a jamais eu tellement d'humour.

Trouvant le moment opportun, je lui appris la situation de Lydie, le point délicat étant bien sûr que j'y étais mêlé. *Toutes deux* eurent un choc et contemplèrent sans ciller la jeune femme fécondée. Pendant quelques minutes, 'Man me considéra comme un garnement cachottier qui avait désobligé sa mère. Ensuite, elle changea d'attitude et bientôt elle rayonna de joie.
Mam' trahit une émotion où, pour intense qu'elle fût, je ne pus discerner entre l'effroi et la tendresse (me comprendra qui a un jour croisé sur son chemin la face grise veinée de

glauque – où s'écoule la chassie fétide d'un globe ostréiculaire emmétrope et pénétrant – d'une incarnation de l'étrange).

Puis quand 'Man manifesta sa joie, montèrent de l'intérieur de la cage thoracique, lointaines, les plaintes d'un animal qu'on aurait frappé.

'Man reprit du poil de la bête. Nous avions désormais affaire à une femme dynamique. Elle se disait décidée à en sortir, et motivée, parce qu'il fallait qu'elle soit rétablie pour s'occuper du bébé qui allait naître. Elle faisait de nouveau sa maîtresse de maison, décidant du menu, s'occupant de la liste des courses, et faisant facilement ses comptes. Ce n'était pas beaucoup en soi, mais elle l'accomplissait avec une opiniâtreté qui forçait le respect.

Maman guérissait peut-être, mais je n'arrivais pas à m'ôter de l'idée, quand elle se servait de sa main droite, que c'était 'Man en train d'asservir Mam'. Celle-ci disparut presque, et pour nous qui la connaissions, il était clair qu'elle était tombée sous la coupe de 'Man. Elle lui coupait maintenant sa viande – sous notre étroite surveillance – et l'œil de 'Man, inflexible, suivait son geste, appliqué à ne pas perdre quelque lien invisible. Un enfant concentré sur sa télécommande, avec son robot, ou un hypnotiseur dirigeant son fluide sur le sujet envoûté, ont une attitude similaire.

Le jour où le docteur vit Maman lui ouvrir la porte en se soutenant d'une seule béquille, il la félicita de sa volonté. Et en repartant, il promit que si elle continuait de soigner son moral, ce « meilleur remède », sous peu elle dominerait à nouveau ses centres moteurs. En fait de domination, j'apercevais nettement une dominante et une dominée.

Pendant deux ou trois mois, il n'y eut pas de faits très marquants. Aussi, j'ajoute cette anecdote, parce qu'elle m'attrista autant qu'une plongée dans l'œil de Mam'. Un dimanche où il faisait beau, nous décidâmes naturellement de prendre l'air. Maman serait bien allée jusqu'au jardin – bien qu'en forme, elle se serait surtout fait pousser – mais j'entendais déjà son tendre reproche : *Tu aurais quand même pu venir ramasser les feuilles.* Comme si je n'avais que ça à faire. Le froid commençant à piquer, nous convînmes finalement d'aller moins loin, c'est-à-dire au centre-ville.

Nous nous préparions donc pour sortir – la météo avait annoncé de la neige en montagne. Maman dit :
– Je vais mettre mon breitschwanz. Tu veux aller me le chercher, mon chéri ?

Devant le placard, Lydie me glissa, taquine :
– Elle connaît deux mots d'allemand.
– C'est sa fourrure en agneau.
– Oui, je sais... Demande-lui quel genre d'agneau.
– Mmm...?

– Voilà, Maman, enfile ton manteau... C'est bien de l'agneau, n'est-ce pas ?
– Oui, c'est un mignon petit caracul.

Je restai comme un idiot. Le caracul me trotta dans la tête pendant toute la promenade, et Lydie me montrait bien qu'elle s'en amusait. Comme j'avais laissé Maman quelques instants en station devant une vitrine, Lydie me dit en passant : « Faute de caracal, on caracole en caracul ».

Fier, je ne lui demandai rien, mais le soir, dans la chambre, j'ouvris le dictionnaire encyclopédique en signe de capitulation.
– Ha, on s'instruit ? fit-elle.
– Cara... caracal... d'accord... Caraco...
– Comme celui que tu m'as déchiré la première fois. Je le garderai toujours.
– Caracole, caracul : voir karakul. Pfff... K, karaté, karakul ! voilà... Et ça parle du breitschwanz... C'est pas vrai... On fait ça ?... Quelle horreur !
– Mais nous, les femmes, ne sommes pas censées savoir d'où ça vient.
– Pas sensées... non. C'est humain, ça ? La SPA est au courant ?
– Rien de ce qu'on dit inhumain n'est inhumain, conclut la future maman, dont la causticité s'était tournée vers l'humanité entière.

À présent, 'Man récupérait bien. D'un jour à l'autre, la force d'inertie de Mam' pouvait revenir lui créer des embûches, mais à l'échelle des semaines, il était clair que 'Man reprenait tout le terrain sur Mam'. Elle était implacable. À Noël, elle ouvrit ses cadeaux toute seule, et se leva pour venir nous embrasser.

N'était le froid, on n'aurait même plus pensé, quand on sortait, à au moins la couvrir d'un carré de soie. C'était maintenant une avancée inexorable du doux visage sur l'âpre faciès, et Maman pouvait se regarder triomphalement dans la glace.

Un jour, le docteur lui prédit qu'elle courrait bientôt. On s'est quand même regardés, avec Lydie : *Mon Dieu quelle joie, mais pourvu que tout se passe bien.* Et la fois d'après, il a commis une indiscrétion, croyant pouvoir partager ce qui, dans le dossier de Maman, relevait du secret professionnel, avec la professionnelle Lydie. Et elle me l'a répété. Je n'y ai pas cru. Comment pouvais-je ? Enfin, je voulais bien y croire, mais ça ne changeait rien, Maman restait Maman. Et de toute façon, il aurait fallu qu'on soit capable de me dire ce qui était arrivé à ma mère.

    J'eus alors une période difficile. Quelque chose était cassé. Les yeux maternels, ces yeux aimants, je ne pouvais plus les voir. Au lycée, je me sentais devenir agressif quand on me souriait. J'avais envie de répondre par une grimace de Mam'. J'en arrivai à demander à Lydie de ne pas me regarder avec tendresse, ça me déprimait. Je ressentais mes propres sourires comme forcés. L'hypocrisie était partout, je ne me faisais plus confiance moi-même. Mais Lydie sut m'aider. Elle m'expliqua que « chez l'humain, c'est d'abord le regard des autres qui détermine les comportements. C'est attesté. Que l'œil soit charmeur, indifférent, complice, moqueur, soupçonneux, inquisiteur, réprobateur, noir, vengeur ; que le regard soit en coin, de travers, ou assassin ; qu'on te fasse les gros yeux ou les yeux doux ; tous te disent si tu es aimable ou repoussant. La façon dont on se sent regardé est un miroir plus fidèle que celui de la salle de bains. Par mimétisme ou parce que c'est valorisant, on peut devenir ce que les autres nous renvoient de nous-mêmes. Dans le miroir que te tend ta mère, ce n'est pas toi, c'est son idéal maternel. Il n'y a pas qu'elle ; la société est un Palais des glaces, certaines très déformantes. Si tu as peur de t'y perdre, deviens ermite et ne vis qu'avec toi-même. Ou ophtalmo :

peut-être qu'après ta journée tu ne verrais plus mes yeux que comme des organes, et que tu prendrais mon regard enflammé pour une inflammation. »

Je redevins social. Non, je n'étais pas obligé de me laisser pourchasser par la culpabilité et la paranoïa, comme Caïn, jusque dans la tombe. L'œil de Mam', cet œil d'outre-tombe, m'avait troublé l'esprit et les nerfs. C'était fini ; je devais retrouver une vie plus saine maintenant que l'œil ne pourchassait plus Maman. Que lui avait-elle donc fait ?

Janvier et février passèrent. On ne sortait presque pas, il fit un temps épouvantable. Mais Maman, pour prix de ses efforts acharnés, voyait son éclaircie.

Lydie n'était plus qu'à six semaines du terme. La valise, le trousseau, tout était prêt, et le soir, je rentrais à la maison un peu tremblant, parce que moi je ne savais pas si j'étais prêt à ce qui pouvait arriver maintenant d'un moment à l'autre.

Je n'étais pas prêt du tout à ce qui est d'abord arrivé. En entrant, je vis des traces de violence, un grand couteau cassé par terre, et la porte de notre chambre ensanglantée et en copeaux, entrouverte mais bloquée par un meuble. Flageolant, j'appelai Lydie, qui répondit de derrière la porte ! Le timbre de sa voix était extrêmement inquiétant, mais elle m'assura qu'elle était entière et que ses nerfs tenaient encore.
– Qu'est-ce qui s'est passé ? Où est Maman ?
– Ta mère a essayé de me tuer, je ne sais pas où elle est.

Le temps d'apercevoir la silhouette de Maman dans sa chambre, je l'enfermai à double tour, et après en avoir informé Lydie, courus chez les voisins du dessus pour

emprunter leur fenêtre. Ça ne répondait pas. En dessous non plus. Je sortis, escaladai les deux étages par la gouttière, et Lydie, la figure décomposée, m'ouvrit. Je la reçus entre mes bras.
– Mam' est revenue ?! demandai-je.
– Non, oh non, Mam' n'est plus là du tout !

Je l'ai remise sur le lit, sans la lâcher. Je ne voulais pas la tarauder des questions que je me posais. Quand elle le comprit, elle me dit :
– Il faut que je rassure le bébé.

Après un moment, je me levai, remis debout l'armoire qui barrait la porte, et fis rapidement le tour de l'appartement, en silence, redressant ce qui était renversé, poussant du pied ce qui était en éclats, laissant le reste du désordre pour plus tard. Pas un son ne sortait de la chambre du bout.
Je rejoignis Lydie qui me reprit contre elle. Une demi-heure plus tard, elle commença à parler, très lentement :
– Nous étions ensemble dans le séjour, et ta mère est devenue mauvaise. Je l'ai senti, et j'ai pris instinctivement un peu de distance. Elle s'échauffait, en me faisant des récriminations inimaginables : « Vous m'avez pris mon enfant ! » et je ne sais quoi. Elle s'est levée et s'est mise à marcher sur moi en me couvrant d'insultes dégoûtantes. J'ai reculé vers la chambre, plutôt que vers la porte d'entrée qui est plus longue à ouvrir. Elle se transformait en furie. Sa béquille, elle ne l'avait plus pour marcher, mais pour essayer de me faire tomber. « Tu vas me le rendre, mon petit agneau ! Va au diable ! Et laisse-nous tranquilles ! », des trucs

tellement dingues... J'étais là-bas au bout du couloir, et je croyais pouvoir encore discuter malgré la violence des injures, et puis j'ai vu qu'elle attrapait le couteau à découper ; et elle avait tous ses moyens, contrairement à moi. Heureusement, j'ai gardé assez d'avance pour refermer la porte de la chambre derrière moi et tourner la clé. Je me suis cru en sécurité, oh pas longtemps... Je ne sais pas où elle trouvait cette force, je ne sais pas où j'ai trouvé la force, j'ai fait tomber l'armoire pour bloquer la porte. Après, je ne l'ai plus entendue. J'avais encore plus peur. Je croyais qu'elle allait attaquer la cloison, ou faire irruption par la fenêtre.
– Tu ne l'as pas ouverte pour appeler du secours ?
– Oui, j'aurais dû l'ouvrir... Oh non, fermé, je voulais tout fermé. Et moi dedans. Et lui dedans moi.
– Du calme. Là, là...

Je restai longtemps. Jusqu'à ce que la nuit se fasse dans la chambre, rejoigne le silence. Il n'y avait que nos deux respirations.
Courageuse Lydie ! Elle se rasséréna :
– Elle ne supporte pas que je sois ta femme... On ne peut pas être possessive à ce point-là ! Qu'est-ce qu'on va faire d'elle ?
– Je peux téléphoner à la police maintenant. Mais après ils vont s'incruster, et il faut s'occuper de toi. Tu veux que je te conduise aux urgences ?
– Non, je veux rien. Du silence, et personne. Toi tout seul.
– Tu n'arriveras pas à dormir ici cette nuit, même si je la fais enfermer tout de suite. Tu pourrais aller chez une copine.
– Il faudrait aussi dire les choses. J'en ai assez.
– J'appelle un taxi et on va à l'hôtel.

– Avec la tête que je dois avoir... Ici, ce sera pas pire qu'ailleurs, si tu ne t'éloignes pas de nous.

Ses aînés vivant à au moins cinquante kilomètres, et ses parents sur la côte depuis l'indépendance de leur petite dernière, il ne restait pas trente-six solutions. Je me résolus à passer la nuit à côté du monstre et à le faire interner après.

Je fis un sachet de soupe. Lydie prit encore un laitage et une mandarine. Ensuite je trouvai de la ficelle et un couteau, et aussi du fil de fer et une pince.

J'ouvris prudemment la porte de la chambre. Elle était assise dans son fauteuil en rotin, face au lit, apathique certainement depuis la crise. Son bras droit et sa robe étaient empourprés. Elle était blessée à la main, mais ne saignait plus. Elle avait dû s'entailler avec la lame cassée du couteau en s'acharnant sur la serrure. Et elle avait quand même réussi à la finir. S'il n'y avait pas eu l'armoire...

Je m'approchai lentement. Toute son énergie s'était épuisée dans sa folie meurtrière, je me méfiais quand même. Sa tête se tourna vers moi, présentant une face *homogène* : Elle avait entièrement récupéré. Guérie... Quand je fus tout près d'elle, elle eut un sursaut d'exaltation.

– Laisse-moi, méchant, tu n'es plus mon fils !

Elle se débattit mais j'en vins facilement à bout. Je l'ai attachée comme il faut. D'abord le torse avec la ceinture de sa robe de chambre, puis les bras et les jambes. Et je la renfermai à clé. Ma défiance était illimitée : je revins fouiller la pièce, au cas où il y aurait eu encore des outils, des armes, ou même des explosifs !

Le lendemain matin, je rentrai encore dans la chambre avant d'appeler – je n'avais même pas encore idée de qui, du 15, du 17, ou du 18. Mais Maman n'était plus là.

Mam' a repris toute sa place, et elle a le pouvoir. Elle a *recouvré le contrôle entier de la moitié gauche de son corps* : 'Man. Et 'Man ne peut plus bouger.

'Man est livide, c'est un masque mortuaire. Sans l'éprouver au toucher, sa rigidité est visible. Aux rares contractions de ses muscles faciaux, il n'y a pas la propagation d'un frémissement dans sa chair figée. Son œil errant et vague a désormais accepté l'infamie avec ennui, peu lui importe mon regard, ou celui du monde, c'est un moteur qui ne l'entraînera plus, Mam' a pris la courroie.

Mam' n'a pas le triomphe jubilant. C'est pire qu'avant. Elle est révélée dans toute son anti-splendeur. Elle n'inspire que pitié. Elle est la pitié. Bien lâche serait le Persée qui trancherait la tête de cette Méduse... Miséricorde !

Les images du drame de la veille ne perdaient pas en intensité, mais ce nouveau tourment en estompait le grain. Je voulus convaincre Lydie de la garder encore. Je n'eus pas à le lui demander. Quand je lui eus annoncé le retour de Mam' et décrit l'impression que je venais d'en avoir, je dus m'interrompre en la voyant : Par un curieux effet de *morphing*, elle quitta sa mine encore défaite pour retrouver toute sa grâce. Ce n'est pas seulement que je suis amoureux d'elle, je l'ai vue comme touchée par la grâce. Elle resta pensive, puis prit une grande respiration, alla passer la tête dans l'encadrement de la porte, la contempla un moment, et referma à clé.

– On ne peut pas, dit-elle, la livrer au public comme la Vénus hottentote, Elephant Man, ou E.T., même si elle n'a pas leur sensibilité au monde extérieur. Je m'en voudrais toute ma vie. En plus on aurait la télé à la maison. Même si elle restait cachée aux médias, aucun docteur, juge ou prêtre n'est compétent pour traiter son problème... Mais ce n'est quand même pas un spectacle pour une femme enceinte. Et on ne doit pas écarter la possibilité d'un nouvel avatar. Tu crois qu'on peut la laisser comme ça ?

Elle pouvait rester bouclée dans sa chambre. Mais je voulais que Lydie se sente, autant qu'il était possible, en sécurité. Nous sommes sortis prendre le petit déjeuner à la terrasse du café, avant d'aller acheter des tasseaux carrés, des tire-fond, des gros boulons, des écrous à sertir, et une mèche à bois.
Deux heures plus tard, j'avais barricadé la porte. C'était plus solide que dans la *Nuit des morts-vivants*, et plus propre.

Aarghh... La main de Maman est revenue, et s'est emparée de la mienne !... quand j'ai signé mon billet d'absence à sa place (je me suis presque fait peur).

§§§

J'ai failli gommer cette plaisanterie douteuse – signe de décompression, après ce travail de rédaction. Deux semaines qui ont passé, où nous n'avons rien eu à faire qu'attendre et réfléchir. Le printemps sera en avance cette année, et ça aide. Lydie m'a presque constamment dans son champ de vision.

Ce matin, j'ai mangé une pomme. Avant, je l'ai fait rouler de ma main droite à ma main gauche... Une pomme le matin éloigne le médecin. Il devait venir aujourd'hui, on ne l'a pas vu. La semaine dernière, il a enfin aperçu Mam'... Il a dit : « Je vois... », ce que j'ai traduit par « je ne veux surtout pas voir », et il l'a tellement bien zappée qu'il en a oublié le rendez-vous suivant. *Nan mais tu l'crois pas !* Enfin tant mieux.

§

Lydie était particulièrement heureuse de m'avoir près d'elle quand elle s'est réveillée ce matin.
– J'ai fait ton cauchemar, me dit-elle. Le bébé se noyait, il tendait les bras, et ta mère arrivait pour le sauver des eaux.

C'était clair comme de l'eau de roche. Plus clair, même. Clair comme les eaux.
– Moi aussi, j'ai fait un rêve. Un examinateur allait me donner mon bac si je répondais à la question : « La pomme ne tombe pas loin de l'arbre, mais... ? » Et je répondais : « Mais... on peut la retrouver sous un *autre* arbre. »
– C'est clair aussi.

Notre esprit s'était caché longtemps la solution, parce que la raison qui l'habite aurait vacillé. Mais maintenant que nous avons survécu à toute cette folie, nous pouvons la regarder en face. Pour autant, il est trop tôt pour l'écrire, car je veux d'abord avoir la certitude que ce que nous croyons est la vérité, et je manque aussi d'éléments pour que celle-ci soit complète.

Ce qui est certain, c'est que Lydie ne reverra pas Maman. Moi non plus. On en est débarrassés à jamais. Elle a échoué, vaincue.

§

Sous le pommier auquel est attachée la balançoire, prends ta pelle et tu auras une vision d'horreur.
Maintenant, ce crime, je ne peux plus le nier moi-même, et si l'on m'interroge, je dirai d'où l'on peut exhumer les restes de ma génitrice après que toutes les investigations sont restées vaines.

Elles ont été abandonnées depuis longtemps. Je ne sais même pas si l'enquête est toujours ouverte.

Le cas le plus rare des annales du crime est aussi le plus affreux. Pour cette raison-là, il n'était peut-être pas souhaitable que la vérité éclate. Et pour celle-ci surtout : Si Mam' avait complètement pris le dessus, elle aurait pu être jugée responsable alors qu'elle n'a rien fait ; et si 'Man avait finalement récupéré, on l'aurait mise chez les fous, alors qu'elle était normale. Absolument normale. C'est pour ça qu'elle était dangereuse. Faire comme tout le monde, obéir au regard des autres, qui vous enjoint d'être dans la norme ; pour elle c'était avoir un enfant.

Sauf erreur de ma part, il y aura prescription dans deux ans. Mais le ministère public pourrait estimer que je suis aussi victime, auquel cas le délai de prescription n'a même pas commencé car le breitschwanz n'est pas encore majeur.

§

Je continue de m'occuper d'elle. Soit une charge de travail nulle : J'entre la voir deux fois par jour. Je l'ai détachée, mais ce n'était même pas la peine, c'est sans objet. Je tourne quand même la clé et les boulons. Symboliquement, ils scellent une pierre tombale. Car un appartement est un lieu de vie. Mam' le comprend très bien.

Elle est en état de prostration, dans le fauteuil. Les mains jointes, la droite posée sur la gauche ; Mam' n'a pas besoin de serrer car 'Man est docile, elle a signé sa défaite. Il n'y a même plus de Mam' et de 'Man. Il n'y a plus qu'un spectre, qui ne s'alimente plus.

Je sors beaucoup avec Lydie, le laissant hanter l'appartement à son aise. Nous avons dîné chez ses copines. C'est bon de voir des gens. Je retournerais en classe si Lydie pouvait venir avec moi. Mais nous passons le soir chez un camarade ou l'autre, pour prendre les cours.

J'en ai un qui a un look *gothique*, et qui dessine – il compte faire les Beaux-Arts. Comme il m'emmenait dans sa chambre, sa mère a gardé Lydie pour parler layette. Heureusement. En apercevant l'un de ses tableaux, ma première pensée fut : « Comment a-t-on pu la voir ? »

– Qu'est-ce que c'est ? m'étranglai-je.

– Bon Dieu, j'y pensais plus, excuse-moi ! Tu as reconnu ta mère...? C'est un compliment !

– Déconne pas ! Qu'est-ce qu'elle fout là ?

– T'énerve pas, je vais t'expliquer. C'est Hel, déesse de l'enfer dans la mythologie nordique. C'est ma représentation personnelle, d'après un cahier des charges simple : D'un côté,

une beauté idéale, inhumaine, blanche comme un suaire. De l'autre, une morte-vivante en décomposition. Tu sais, ta mère est connue comme un modèle de beauté classique... et je l'ai choisi. J'ai travaillé de mémoire ; ce n'est pas de l'exactitude photographique, je ne crois pas qu'il y ait un problème de droit à l'image. Désolé pour l'impression d'ensemble. Au fait, euh... ça va mieux, son AVC ?
– On en voit le bout... C'est super bien fait. Une vraie œuvre. Elle est récente ?
– J'ai inscrit l'année : trois... non deux ans et demi.
– La zombie a dû te donner plus de travail.
– Oui. J'ai voulu mettre en évidence les différentes couches de l'épiderme. Ici, les sarcoptes ont même dégagé les zygomatiques – bien distendus et filandreux. Là il y a des œufs de diptères pondus sur un exsudat fibrineux. On voit aussi affleurer la saillie de l'os malaire. Ça c'est une veinule, mais ça c'est un nématode qui se faufile. J'en ai fait d'autres qui grouillent dans la paupière – ce sont des filaires. Sinon, il y a encore un bubon qui suppure sur le sourcil... et la gangrène : sèche sur le front, humide au niveau de la bouche.
– Je comprends pourquoi tu es excellent en sciences aussi. On va tous finir comme ça ?
– Sauf si on choisit la crémation. Ça ne sera pas mon cas.

Peut-être lui achèterai-je son tableau un jour. Pour l'instant, Hel, je l'ai chez moi, en 3D, avec l'odeur de pourri. Je laisse ses fenêtres ouvertes.

Je veux bien croire à tout (à part ce que disent les journaux), mais je ne suis pas persuadé qu'il y ait une déesse de l'enfer. Encore moins d'en être le fils. Mais cela confirme que les mythes sont construits à partir de phénomènes réels, et j'imagine que celui qui est devant mes yeux s'est déjà produit dans le passé.

§

Hel est mi-cadavre, mi statue, mais je sens son pouls. Je l'ai couchée sur le lit. Un côté se minéralise, prenant à l'œil un aspect de porcelaine. Mais à l'ongle le son est mat, et en le passant sur la joue, il laisse un sillage teinté d'un infime éclat rouge. C'est toujours de la chair, mais en cours de polymérisation. C'est encore habité. La paupière cligne sur un globe oculaire amorphe, injecté, à la pupille totalement dilatée. Je la reconnais encore. Comme elle est belle...

Sa chevelure d'un jais lumineux appelle à plonger les doigts dans sa luxuriance. En se gardant de franchir la laie, au milieu du crâne, car l'on tomberait dans une jungle d'étoupe pullulant d'acariens. Continuant malgré tout, si l'on parvenait sans y rester collé jusqu'à l'orée de ce hallier, on déboucherait sur le versant organique de la créature. S'aventurer dans ce miasme gluant serait faire don de sa personne à un bouillon de culture. J'ai essayé d'y toucher avec un gant de cuisine, et fus parcouru de vibrations atroces, comme de l'écho lointain du chant des damnés.

§

Le médecin, qui se faisait rare, est encore venu. J'ai retiré les boulons et descendu les volets avant de lui ouvrir. Hel a fait semblant de dormir. Il l'a trouvée anémiée et en hypothermie, mais n'a pas vu le profil appuyé sur l'oreiller. Il a dit de la faire hospitaliser, et que je le tienne au courant. Je l'ai raccompagné avec des remerciements quelque peu obséquieux.

Quelles qu'en soient les suites pénales, Hel ne sortira pas vivante de cette pièce.

§

Nous avons invité des copains et copines pour mon anniversaire, leur faisant croire ma mère en clinique. Hel ne nous a pas dérangés, et rien ne peut la déranger.

En soufflant mes bougies, je devins légalement responsable. Lydie remplit les flûtes de clairette.
– À tes dix-huit printemps ! les levèrent-ils.
– À mes dix-neuf printemps, puisque je suis né au début du printemps !
– Ah, tu as raison ! Eh bien alors, à son premier à lui !

Je ne sais pas qui – c'est peut-être Lydie – avait vu cette publicité : « Offrez-lui le journal du jour de sa naissance ». Nous avons lu la une ensemble, puis je passai aux autres cadeaux, et puis nous nous sommes amusés, arrivant à oublier le sépulcral voisinage. Une soirée entre amis, ici ! On pouvait commencer à envisager un retour à une vie normale.

Le lendemain, j'ai voulu lire le journal en détail. Sachant dans quel registre se situait ce qui pouvait éventuellement me concerner, j'ai vite trouvé. Ça occupait le dernier quart de page. Sous sa photo :

« Quelqu'un a-t-il aperçu Monika ? » Et encore en dessous :
« La jeune Suissesse disparue doit accoucher ces jours-ci. »
La vue troublée, je parcourus vaguement le court article :
« (...) fille-mère (...) chassée par ses parents (...) »

J'avais acheté des bouteilles pour ma réception ; je choisis le rhum, pensant que ce qui requinquait les flibustiers m'empêcherait de défaillir. Quand l'émotion retomba, je n'y allai pas tout de suite, pas avant de m'être représenté la chose selon chaque perspective et aussi dans les détails :

Un : D'après la science médicale, Maman n'a jamais eu d'enfant.

Deux : Je suis tombé d'un pommier de nationalité suisse (qui évoque une autre histoire d'enfant), et j'ai roulé jusqu'à Maman qui a prétendu que je descendais de son arbre. Mythomane au point d'avoir simulé toute une grossesse et d'y faire croire les autorités – elle n'est pas la première. Seule la montée de lait fut peut-être réelle ; ça s'est vu aussi.

Trois : Je suis né avant terme comme un breitschwanz. C'était une césarienne. Mon cauchemar d'enfant était une résurgence du traumatisme originel.

Quatre : Maman a enterré le corps de ma mère dans son jardin.

Cinq : Adolescent, j'ai commencé à rouler loin de Maman (je lui tenais moins chaud que son immonde manteau). Son pouvoir perdit alors de sa force, et ma mère est sortie de son tombeau (dont on se souvient qu'elle avait apprivoisé la vermine) pour l'affronter. Le combat fut rude. Schumann, ce pauvre illuminé, oubliant que la gestation c'est aussi nourrir et aimer l'enfant, fit cruellement pleurer ma mère.

Six : Quand Maman entrevit la possibilité de faire à Lydie ce qu'elle avait fait à sa vraie belle-mère, son pouvoir lui revint, et elle put chasser la revenante. « On ne peut pas être possessive à ce point-là ! » s'était exclamée Lydie. À ce point-là ? Sa cupidité était encore au-delà de ce que Lydie crut sur le moment : ce n'était plus moi l'objet du désir de possession.

Sept : Le deuxième kidnapping échoua. Il n'aurait pu être camouflé, à cause des énormes lacunes méthodologiques de sa préparation. Elles rendent moins inconcevable l'acte de la folle criminelle obnubilée par sa pulsion ; moins inconcevable que l'acte qui me donna le jour, quand la folie fut assez rationnelle pour mettre au point un crime parfait.

Après l'échec du second, Maman avait tout perdu. Ma mère prit les commandes et la mit aux arrêts. Maintenant, elle en est la gardienne, jusqu'à épuisement des fonctions vitales.

Surnaturel ? Comme l'écrivit Maupassant, cet autre illuminé : « L'esprit de l'homme est capable de tout. » *
L'esprit de Maman de bien plus encore.

Alors, je me décidai à entrer dans la chambre de Hel. J'appelai doucement :
– Monika ?

J'entendis sa voix répondre au fond de mon être :
« Mon fils ! »

Ces mots se réverbérèrent longtemps dans ma psyché,

---

* *La Chevelure* (1884).

cathédrale de neurones miroirs. Je fus tout près d'elle, mais ne pus l'embrasser.
– Que va-t-il se passer maintenant ?
« Je vais bientôt l'emmener. »
– Où ?
« Là où *elle* appartient. Avant, je voudrais voir ton petit. »

§§§

§ Aujourd'hui, sa petite-fille est née. Sa mère et moi l'avons appelée Monika.

§ De retour de la maternité, – Lydie était d'accord – je suis allé la présenter à Hel.

§ Ce matin, j'ai trouvé Hel *morte*. Son visage n'était plus celui d'un cadavre, il ressemblait à la photo du journal.
J'ai sorti le manteau en fœtus de karakul pour le mettre dans le cercueil.

§ Le secret médical étant levé par le décès, un des médecins me l'a révélé. Il a dit que je ne pouvais, ni moi ni personne au monde, être le fils de la défunte. Comme ils avaient le corps à la morgue, j'ai dit que je voulais des preuves. Quand ils me l'ont rendue pour les obsèques, ils m'ont présenté leurs excuses. Bien sûr que c'est ma mère.

Mais elle n'y est déjà plus. Elle est sortie de Maman. Elle est revenue là, en bas, quelque part sous le lit de pétales que le pommier lui a dressé pour la dix-neuvième fois, pendant que sa petite-fille tète sa mère sur la balançoire.

Nationale 7

« Hier soir encore, chaque vacancier du Grand Paris a réglé son GPS sur les coordonnées du bungalow avec vue sur la mer réservé à compter de cet après-midi, quelque part entre les sites de Banyuls et de Menton. Rappel en images...

« Comme ce matin, les premiers étaient dans la circulation à 7h15 locale. Mais l'A6 étant fermée, le guidage les maintint sur le périphérique, qui se remplit petit à petit. Ceux qui empruntaient l'A86 n'avaient pas plus de succès, et étaient envoyés les rejoindre. Si bien qu'à 9h45, le petit anneau était saturé. Et cependant totalement fluide, il brassait vingt mille bulles jaunes dans le sens des aiguilles d'une montre, autant en sens inverse. Même les gens qui passaient une cinquième fois devant le Sacré-Cœur ne s'inquiétèrent de rien, à supposer qu'ils aient remarqué quoi que ce soit.

« Nous nous trouvions déjà, prenant des petits déjeuners au *Jules Verne*, en ce deuxième étage de la tour Eiffel. Voyant de sa tombe ce que nous surplombons, le baron Haussmann s'y retournerait. Tout comme Maurice Chevalier, pourtant visionnaire de ce que « Paris sera toujours Paris ».

« Mais revenons à nos moutons. En bas de nos écrans, nous vîmes soudain, comme par l'action de l'ouverture d'une bonde, le double flux croisé d'estivants s'écouler par gravité dans les conduits de raccordement à l'Autoroute du Soleil.

« À ce moment, j'avais le privilège de me trouver auprès de la duchesse du Pont de Nemours, qui m'a aimablement autorisé à reproduire la teneur de nos entretiens. Quand elle vit son numéro, clignotant sur son écran personnel, repasser sur la rive droite de la Seine, elle parut un tantinet désappointée, tandis qu'à quelques tables de là, le prince Arcilor se réjouissait de voir le sien plonger déjà sur Arcueil.
– Il semble que j'aie déjà perdu, minauda-t-elle du ton inimitable que nous lui connaissons.
– Vous n'avez certes pas eu de chance au tirage, la réconfortai-je, mais il reste le grattage.
– Le grattage ?
– Rien n'est perdu, le dernier peut encore gratter tous les autres !
– Ces petites bêtes n'avancent-elles pas toutes à la même allure ? Ce handicap me paraît tout à fait insurmontable.
– La vitesse de croisière du pilote automatique est de 117 km/h. Mais le conducteur dispose d'une réserve de gaz pour 5 km/h de plus.
– Vous voulez dire que ces automobiles sont toujours pilotables par leurs occupants ?
– Il arrive qu'il leur prenne le besoin de circuler sans savoir où aller. Il y a bien une fonction *random* sur le GPS, mais ce comportement a pour origine la réminiscence d'un esprit de liberté qu'il faut bien contenter... Vous savez, ils finissent toujours par presser le bouton avec le pictogramme "maison".
– N'est-ce pas un défi à la sécurité des routes, tout de même ?
– Aucun danger, ris-je. La liberté de ces engins finit là où commence celle des autres. L'ordinateur de bord a le dernier mot. Il ne peuvent ni se heurter, ni aller dans les décors, ni

faire aucune manœuvre qui oblige les suivants à réagir de façon violente. Mais il ne suffit pas aux autos d'être intelligentes pour qu'elles se déplacent en bon ordre, il faut qu'elles soient communicantes. Ainsi, avant qu'une commande, qu'elle soit d'origine humaine ou non, soit transmise aux organes mécaniques, elle est soumise aux véhicules voisins, et de proche en proche à tous les véhicules concernés. Le retour d'information se fait dans un délai maximum d'un vingtième de seconde, donnant autorisation, modification, ou interdit au désir cinétique individuel. C'est ce que nous nommons l'*intelligence générale*.
– Reste à savoir si mon numéro a un pilote, dégourdi si possible. Quelqu'un qui soit pressé d'arriver à la plage.
– Pressé ? Tenir un volant pendant six heures, ou bien faire n'importe quoi de plus... comment dirais-je... gratifiant, pendant six heures trente, qui serait assez puéril pour choisir la première option ?
– Eh bien alors, quoi, mais c'est vous qui m'avez parlé de "conducteur" !
– Si fait, Madame, mais il y a une réponse à ma dernière question.
– Voui... Qui serait assez puéril ?... Il est vrai que certains le sont probablement.
– En particulier les enfants de deux à cinq ans.
– Oh je vois ! Cela me rappelle ma prime enfance, quand ma grand-mère me payait des tours de tacots. Je tournais le volant dans tous les sens, j'étais si heureuse bien que mon engin ne quittât jamais son rail ni ne rattrapât celui qui le précédait. Dites-moi, se reprit-elle, j'ai la curiosité de savoir ce que fabriquent mes passagers sur leurs sièges.

– J'ai devancé votre intérêt pour eux et je viens d'accéder à quelques informations. Il y a eu trois connexions internet à bord depuis qu'ils sont en route. Il semble que le père ne soit pas encore tout à fait en vacances.
– Que fait-il donc de sa vie ?
– Apparemment de la maintenance robotique assistée par humain. Un de ces métiers qui disparaîtront avec lui. La mère n'est pas non plus en vacances de ses activités extraprofessionnelles, elle visite les réseaux sociaux des hospices, en contact visuel avec des personnes âgées. L'aménité d'un visage accort, accompagné de quelques smileys choisis, leur est un puissant réconfort. La troisième connexion concernait la mise à jour pour casque à électrodes du jeu Enhanced GP. Probablement un enfant. Connaissez-vous la réalité augmentée ?
– Apprenez que je ne vis que d'idéalité.
– Eh bien, la réalité, c'est ici une collection de grands prix tels qu'ils se sont déroulés ; et augmentée parce que le joueur peut les disputer aux commandes d'un bolide virtuel.
– Ne puis-je en savoir plus sur mes petits protégés ? Cherchez donc mon numéro dans le fichier des cartes grises.
– Je suis si heureux de voir que vous vous prenez au jeu, duchesse. La protection des données individuelles ne me permet pas un accès direct, mais je vais faire de mon mieux.

« J'allais lui faire part du fait qu'un foyer standard avec deux jeunes enfants se trouvait embarqué sous son égide, quand elle réalisa subitement :
– Je suis déjà à Boulogne et les derniers à Neuilly. Youpi ! J'ai un pilote, n'est-ce pas ?
– Son prénom est Georgia et elle a trois ans. Son frère en a huit.

« À présent, le périphérique était vidé, et rendu aux autres usagers. Vers 10h15, le satellite freina les véhicules de l'avant et interdit les dépassements, afin de compacter le peloton. Les petites bulles furent bientôt agglutinées, et leur éclat jaune impérial se diluant dans le bleu guède du macadam, l'œil ne voyait qu'un fil de vingt mètres d'épaisseur s'allongeant sur quarante kilomètres au sud de Fresnes.

« À 10h25, depuis le cours céruléen de l'École qui figurait pour nous la ligne de départ virtuelle, la course véritable fut lancée. Jadis, l'inertie humaine eût empêché les derniers d'avancer avant une heure, phénomène du "bouchon". Là, il ne fallut que douze secondes, et toute la harde se rua en direction de la forêt de Fontainebleau. Dont, faute de toute signalisation sur la route et de notion géographique dans l'esprit des usagers, ceux-ci ignorent l'existence. Sans compter qu'ils opacifient volontiers leurs vitres.

« Je me mêlai aux autres invités, surveillant toujours de loin Madame la duchesse qui semblait se passionner pour la course. Au kilomètre 100, le parcours entre en Bourgogne et devient curviligne. Après l'aire de Senan, l'autoroute contourne par la droite une imposante colline où fleurit un champ de boutons d'or, semés de façon à figurer un smiley géant, ce sourire de base père de tous les smileys. Les ordinateurs de bord ont commandé la dépigmentation des vitres et envoyé un jingle, que l'on imagine les vacanciers reprendre en chœur : « L'amour joyeux est là qui fait risette, On est heureux, Nationale 7. » (*)

(*) *Route Nationale 7*, de Ch. Trenet, tombé dans le domaine public cette année-là.

« Personne ne sait pourquoi "Nationale 7", et c'est aussi pour ça qu' "on est heureux". C'est la force du gimmick.

« Un quart d'heure plus tard, j'aperçus la duchesse, prise de vapeurs, qui venait me rejoindre.
– Mon cher ami, j'ai l'impression que tout le monde nous double, que se passe-t-il ?
– Ils ont tout simplement pressé le bouton "arrêt pipi". J'avais oublié de vous signaler cet autre aléa de la course.
– Comme c'est trivial !
– Car tristement indispensable. Cette nuée jaune passant en une seule grappe nous a d'ailleurs obligés à installer temporairement des lieux d'aisances supplémentaires sur les aires de repos. C'est le poste principal du budget de l'organisation.
– Ça y est, elle est repartie ! s'enthousiasma-t-elle, se désolant tout aussitôt : Oh mais elle a reperdu tout le terrain gagné...
– Rassurez-vous, tous feront un arrêt. Prions pour qu'elle n'en fasse pas un second, en ce cas elle aurait certainement course perdue.
– Y a-t-il d'autres aléas ?
– Je ne crois pas, mais tout ce qui fait obstacle est un aléa si l'on ne sait pas l'anticiper. Par exemple, j'ai remarqué qu'elle évitait les légères turbulences autour des voies d'accélération des sorties des aires de repos. À ces endroits, les bulles se poussent plus pour laisser passer les rentrants que pour laisser doubler les suivants. Je la trouve assez expérimentée. Vous suivez l'image satellite, mais la caméra du dirigeable, qui était tout à l'heure à son aplomb, a pu nous faire admirer comme elle utilise l'aspiration dans ses dépassements.

« Pour nous, la réalité est ce sur quoi l'on a un contrôle, pour les gens ce doit être le contraire. La jeune Georgia l'ignorait encore à son âge, et dans sa réalité diminuée, elle obtenait des résultats plus tangibles que son frère dans sa réalité augmentée. Pour ne pas donner de fausses joies à sa noble commanditaire, je gardai pour moi les calculs sur les temps de passages qui la plaçaient dans les tout premiers favoris.

« Sur un écran latéral, deux cent cinquante correspondants de notre filiale Événements se succédaient pour recueillir les impressions des propriétaires successifs du ticket en position de leader. Simple prétexte pour nourrir la convivialité au sein du gotha, et faire partager des vues des lieux magnifiques où s'étaient réunis les uns et les autres. C'est ainsi que la duchesse découvrit l'île de Socotra, y reconnut un ami qui en était l'hôte, et lui envoya un texto pour le prévenir qu'elle était à ses trousses.

« Selon le mot fameux d'Henry Ford, l'automobiliste était à l'origine libre de choisir la couleur de son auto, pourvu qu'elle fût noire. L'idée a perduré, mais le monde a évolué, et le jaune est infiniment plus gai. Lorsque Publicom présenta la nouvelle coque du véhicule du peuple, on nous objecta que la pénétration dans l'air n'était pas idéale. Or ce qui était vrai au temps de la conduite individualiste ne l'est plus aujourd'hui que les gens se déplacent en pelotons, car grâce à la mobilité communicante, la distance de sécurité n'est jamais supérieure à trois mètres.

« Mais ni moi ni mes associés ne revendiquons la paternité du concept. Cette forme était reconnue comme l'icône de notre Civilisation dès l'An 1. Et pour ce qui est de notre manifestation caritative, elle n'est pas non plus tout à fait originale : Des courses de canards de bain eurent déjà lieu à la fin de l'ère christique ; on en compta jusqu'à deux cent cinquante mille sur la Tamise. À la même époque, on les utilisa pour étudier les courants océaniques. Les bébés aussi étudiaient sa façon de flotter à la surface des choses, s'identifiant au sympathique volatile. Même Elisabeth II en avait un dans sa baignoire, avec une petite couronne. Le canard de bain nous rappelle comme nous sommes heureux de suivre le courant.

« En début d'après-midi, des indigènes chassant le daim sur la roche de Solutré regardèrent passer l'insolite cortège, qui croisait le gros des gens qui leur avaient laissé les clés des bungalows.
« Notre amie Georgia était encore treize millième. Mais toutes les deux secondes, elle faufilait son bec vermeil entre deux ailes jaunes, remontant la tête de course à la vitesse d'un bon marcheur. D'autres pilotes de son âge, un peu moins persévérants, ayant opté pour une autre activité ou s'étant endormis après leur lunch, avaient rendu leur engin au gré du courant.
« Lyon, première mégalopole au sud de Paris dans notre civilisation archipel, fut bientôt atteinte sous un soleil de plomb. L'accès de l'autoroute, qu'on aurait pu rebaptiser Autoroute du Cagnard, fut barré durant une heure aux Lyonnais, puisqu'ils ne concouraient pas.

« À 14h45 GMT, on franchissait la Drôme. Nos amis californiens nous rejoignaient pour le dernier sprint autour d'un brunch matinal, tandis que sur les rivages occidentaux du Pacifique, on prenait les digestifs en attendant l'apogée de la soirée. Tous purent suivre la fin de course au plus près, car aux images du dirigeable et du satellite venaient de s'ajouter celles de caméras mobiles installées sur les glissières de sécurité.

« Une demi-heure plus tard, cela ne se jouait plus qu'entre une centaine de souriants canetons, et nous multipliions les gros plans sur les prouesses des plus hardis.

« Enfin, à hauteur de l'antique cité d'Orange, la ligne d'arrivée n'était plus qu'à une minute. Je voyais la duchesse exulter, son canard de bain s'étant échappé. Avec trois kilomètres d'avance, il ne pouvait plus être repris.

« Seul sur la large bande de bitume, il eut peut-être un accès d'agoraphobie : Ce qu'il fit ? Il rétrograda violemment, s'immobilisant un court instant après un spectaculaire triple tête-à-queue, et repartit plein gaz vers ses congénères !

« J'ai pour ma part imaginé que la drôlesse a pu vouloir répondre aux moqueries de son frère en lui montrant ce que c'était que le « vrai truc ». Celui-ci n'a peut-être pas eu le temps de faire une jaunisse, car bien entendu, il ne fallut pas une demi-minute au pilote automatique pour reprendre les rênes et faire volte-face, à quatre hectomètres du peloton lancé à plus de trente mètres par seconde, à temps pour retrouver une allure de sécurité au moment de la jonction.

« Avant que la gamine ne récupère l'usage des gaz, la masse jaune l'avait absorbée. Il était trop tard.

« Elle se classa cinquième. La duchesse l'avait mauvaise.
– Couac ! trompeta-t-elle, et elle se précipita vers moi, comme si j'avais du pouvoir sur les faits de course ou peut-être une responsabilité dans ses déboires.
– Votre Grâce, fis-je, rougissant, je suis atterré par ce qui vient de se passer...
« Mais déjà, elle se voyait à l'écran le centre du monde, et prenait aussitôt le parti d'en rire. Un peu jaune :
– Ah elle est formidable, celle-là !

« Celle-là fut bien la première à arriver sur la plage pour gonfler sa bouée-canard, mais cette performance ne fut pas saluée. Et Georgia ne saura jamais quelles émotions elle a causées à la marraine de son périple. Ni ses parents ce qui valut à leur petite délurée une visite chez le pédo-neuro-thérapeute.

« Il faut bien entendu féliciter à nouveau le gagnant, qui se trouvait au château de Balmoral. On se souvient que le Cheikh Ali Jaqwat s'y vit remettre, en mondovision, son lot : l'île grecque d'Hébéphrênos, prélevée sur le reliquat des saisies effectuées par le Gouvernement Mondial à l'époque de la chute des États. C'est de là que son nouveau propriétaire se joint aujourd'hui à nous en compagnie de ses invités.

« Je gage que la deuxième édition de cette manifestation rencontrera cette année le même vif succès aristocratique. C'est sans doute la participation populaire qui a causé un engouement si fort pour cette tombola, annonçant de nouveaux horizons créatifs en matière d'*entertainment*.

« Pendant que le périphérique finit de brasser à nouveau quelque quarante et un mille petites bulles jaunes, il me reste à vous remercier, chers amis, du nouveau milliard que vous venez de donner pour la recherche sur les maladies neurodégénératives. Le monde en a vraiment besoin. »

Filandières

La départementale passait près d'un village. Il ralentit au croisement et, avisant l'arrêt de car, stoppa sa berline et baissa la vitre passager.
– Ici, un dimanche, il ne doit pas en passer beaucoup ! Par contre, des averses... Si vous voulez, je peux vous emmener jusqu'à Lussy.

Avec une discrétion distinguée, elle remercia, monta, s'attacha, et l'auto repartit. Il ne la laissa pas chercher quoi dire.
– Vous avez de la chance de me trouver... Vous savez pourquoi je dis ça ?

Elle manifesta son intérêt par un léger mouvement de sourcils et une ébauche de sourire.
– Vous avez entendu, ce crash ? Figurez-vous que j'avais ma réservation... Je ne suis pas un type à écourter ses vacances, mais voilà l'affaire en or, et in extremis j'ai pris le vol d'hier. Je suis dans l'immobilier... L'acte de vente signé, je repars bronzer ! C'est fou, non ? Vous croyez au Destin ?
– *Moi, oui.*
– Voilà... J'aurais dû mourir aujourd'hui, mais le Destin en a décidé autrement !
– *De quoi je me mêle !?*
– Qu'est-ce que vous dites ?... Oh put...

***

– C'est vous qui avez appelé les secours ? Vous êtes témoin de l'accident ?
– Ils m'ont doublé au début de la ligne droite. Une minute après, de loin, je les ai vus faire un tout droit, comme s'il n'y avait pas de virage... Alors ils sont morts tous les deux ?
– Il n'y avait qu'un homme.
– Mais... et la femme ? Quand ils m'ont dépassé, j'ai vu quelqu'un...
– Négatif. Il n'y a qu'un corps. On n'a plus besoin de vous à ce stade, on vous rappellera si nécessaire.

Les gendarmes ayant noté ses coordonnées, il reprit le volant. Très troublé, il s'arrêta au premier bourg. Au bistrot, il s'attabla et commanda un noir. Et puis un paquet de brunes. Comme la patronne lui apportait son café et ses cigarettes, une femme entra, ôta son imperméable, et s'assit à la table voisine.

Récent non-fumeur, il chercha en vain du feu dans ses poches. Elle lui tendit la flamme de son briquet. Dans ces campagnes, la loi antitabac est la dernière que l'on songe à respecter mais il laissa s'éteindre la clope ; et refroidir le jus. Tellement elle le subjugua.

Quelle femme fantastique... Il la pensa un instant trop bien pour lui, c'était idiot tant mots et regards, échangés avec naturel, se trouvaient en intelligence.

À la sortie de Lussy, un long mur.
– *C'est ici, je vais ouvrir la grille.*

Il songea alors que sans ce drame, il ne l'aurait pas rencontrée. Jamais il ne le lui dirait. Ce serait une ombre terrible sur leur amour.

Les yeux l'appelaient. Il oublia que nul n'est maître de son

Mais de quoi je me mêle ?

Cocoricos

※ 1 ※

Non loin du bois de Vincennes, le concierge d'un hôpital, impatient de se plonger dans une édition du matin qui titre « *D'Artagnan dieu de l'Olympe* », guettait la voiture avec chauffeur qui vient de se présenter à la grille. Il se précipite pour ouvrir, puis sonne la cloche. Devant son tas de feuilles, le jardinier, infirme des deux guerres, se met au garde-à-vous râteau au pied quand s'avance la Panhard. Tout le monde est prévenu : le Patron arrive.

La structure pyramidale est complète. Voilà le père auprès de ses élèves, héritiers de son savoir et de son expertise. Voilà le chef au milieu de ses collaborateurs, qu'il a lui-même choisis. Tous respirent l'atmosphère que diffusent sa personnalité, son humeur, sa conversation.

Sa passion, c'est la génétique – c'est lui qui en a introduit l'enseignement à la Faculté il y a quinze ans – mais depuis la Libération la spécialité garde les effluves de soufre qui émanent du nom d'Alexis Carrel. Le Patron, en tant que chef d'un service de pédiatrie, s'intéresse en particulier au *Syndrome* ; il en suspecta dès 1937 l'origine chromosomique. Mais justement, dirigeant un hôpital, il n'y dispose pas d'un laboratoire. Et depuis la découverte de l'ADN, il voit la révolution se faire sans lui.

À l'heure des visites, sa suite, figée dans une hiérarchie typiquement française, boit ses paroles. Le premier congrès international de génétique humaine, auquel il a participé il y a trois mois à Copenhague, alimente ses exposés et ravive souvent sa frustration. Comme aujourd'hui, où il s'y réfère encore : « Depuis qu'en Suède, un étudiant chinois a établi avec certitude que les cellules somatiques de notre espèce sont dotées de quarante-six chromosomes, c'est une nouvelle voie d'exploration qui s'ouvre... Mais pas pour nous, hélas ! Nous n'avons pas la technologie. »

Un des médecins, « chef de clinique »*, n'est pas élève de la maison, n'a jamais été ici ni stagiaire, ni externe, ni interne, et n'est arrivé que le mois dernier. Écoutant ce professeur imbu de son grade, il lui revient des détails de son parcours : « Voilà un homme qui a proposé il y a vingt ans l'hypothèse génétique au sujet du *Syndrome*, et qui n'a encore rien fait pour essayer de la démontrer, à part – misérable pis-aller – collecter des données statistiques sur les empreintes digitales. Et il pleure quand les équipes étrangères sont sur le point de trouver. »

L'esprit distrait par ces pensées, sa réaction va être un peu irréfléchie quand le Patron aura conclu son lamento par cette éclatante péroraison :

– Notre science sert actuellement la grandeur de la France en amputant les types qui grimpent sur l'Annapurna. Les Anglais redescendent entiers de l'Everest. Et ils ont des labos ! Nous, nous n'avons même pas un centre de biologie capable de faire des cultures de cellules !

– Si vous me procurez un local, j'en fais mon affaire !

---

* Le clinicat est un poste peu rémunéré d'enseignement à mi-temps, mais cette année obligatoire conduit à l'assistanat et au médicat.

La petite assemblée cherche sur le visage du Patron le signal de l'éclat de rire général que mérite cette sortie impudente. Puis, gênée de le voir coi, elle tourne lentement ses têtes vers l'auteur de la forfanterie.

C'est une femme (et il faut savoir qu'en ce temps-là les femmes viennent de débarquer de leurs soucoupes volantes). Sa jeunesse n'arrange rien. Pire : elle est jolie (belle serait trop valorisant).

Elle vient de rabrouer en toute naïveté un sexisme qui ne demandait rien à personne. Et cette naïveté est peut-être un reste de ses origines paysannes qui, manifestes, auraient réellement provoqué le scandale.

Mais le Patron a aussi fait les deux guerres :
– Vous passerez à mon bureau dans une heure, et nous en discuterons...?

Et il continue sur un tout autre sujet. Ainsi, il ne s'est rien passé.

Altier et froid hors de son bureau, le Patron est en tête-à-tête hautain et glacial.
– Parlez-moi de vous, mademoiselle.
– Mon cursus... Bachelière à seize ans, j'ai fait ma prépa, mais mon externat a été retardé par la guerre, et après un internat en pédiatrie, j'ai soutenu ma thèse l'an dernier : *Contribution à l'étude des formes mortelles du RAA* chez l'enfant*, chez le Pr Robert...

Il s'évite d'entendre prononcer le nom du pape de sa spécialité, qui lui déclenche déjà un rictus.

---

* Rhumatisme articulaire aigu (qui provoque des lésions des valves cardiaques).

– Oui, je sais. De vos huit stages d'internat, aucun n'a été fait chez moi. Est-ce de l'ostracisme ?
– Je sais que vous n'êtes pas en très bons termes, mais si on m'a envoyé étudier des exemples à ne pas suivre, ça n'a effectivement pas été chez vous.
– Hein ? Bon... Vous prétendez donc être la personne qui en France sait cultiver des cellules *in vitro*.
– Si on veut que je m'en occupe, je n'ai besoin que d'un labo avec une arrivée d'eau.
– Et où avez-vous acquis cette compétence ?
– Un ami du Professeur... , ayant perdu une enfant à cause du RAA, a offert pour un de ses élèves une bourse d'études d'un an sur les cardiopathies congénitales, à Harvard.
– Et c'est vous qu'il a choisie... J'imagine que vous pensiez rejoindre à votre retour le nouveau service de Bicêtre... Entre-temps votre protecteur a pris sa retraite, ma pauvre, et on vous a oubliée...?
– L'administration n'oublie personne. C'est parce qu'elle n'attendait plus que moi qu'il restait un poste. Ayant débarqué au Havre fin septembre, je n'ai eu que le dernier choix. Et je ne me vois pas comme une protégée. J'ai donné des preuves de ce que je vaux et j'ai accumulé de l'expérience.

Le Patron goûte peu la critique voilée des mandarins et du népotisme, et d'entendre son hôpital comparé à une voie de garage, mais il comprend que cette femme a appris à jouer des coudes pour se faire une place chez les hommes.
– Vous avez vu beaucoup d'hôpitaux américains ?
– Les autocars *Greyhound* m'ont conduite partout où se trouvaient les services spécialisés : à Washington, Cleveland,

Chicago, Seattle, San Francisco, La Nouvelle-Orléans...
— Ils vous ont joué du jaze ? Et il paraît qu'ils sont en train de nous envoyer du roquènerole maintenant.
— Pour ça, on n'est pas près de combler notre retard. Et ils ont aussi le hard bop.
— Soit ! Mais comment passe-t-on de la cardiologie infantile à la culture cellulaire ?
— En arrivant là-bas, j'ai été surprise d'apprendre que mon contrat prévoyait un job supplémentaire, de technicienne dans un labo où l'on cultivait des cellules. Bien sûr, c'était à effectuer à ma convenance.
— À votre convenance...
— Une façon de nommer mon temps libre et mes dimanches. Mais sans famille ni amis à qui les consacrer, je n'avais pas à rechigner. J'ai commencé par surveiller les cultures au microscope, prendre des photos, les développer. Il s'agissait de mesurer la synthèse et la qualité du cholestérol dans les fibroblastes ; je constituais les dossiers pour les biochimistes. J'ai fini par remplacer la responsable du labo partie en congé de maternité. Donc je sais faire.
— Moui... Bon, ça ne coûte rien de vous donner une chance. Je m'occuperai de vous installer ça.

L'enthousiasme ne l'étouffe pas, pense-t-elle, mais au moins ce qui est dit est dit. Et le plus étonnant, sans délai de réflexion. Sur le moment, elle n'a pas relevé le « ça ne coûte rien »...

En attendant, elle songe à combler ses lacunes dans sa nouvelle spécialité, en allant s'inscrire à la Sorbonne au certificat de biologie cellulaire.

Les semaines passant, elle commence à trouver le temps long, lorsqu'un jour on lui remet une clé. Celle-ci ouvre un labo de routine désaffecté appartenant à l'Assistance publique, situé dans un pavillon au bout de l'hôpital. Elle s'y rend, relève le disjoncteur et inspecte les trois grandes pièces ; fait couler l'eau, vérifie le gaz pour le bec Bunsen, trouve une étuve, une centrifugeuse, un frigidaire. Ainsi qu'un tabouret un peu cassé et une armoire vide... en haut de laquelle elle finit par dénicher tout de même, sous la poussière, un vieux microscope à faible résolution. Il n'y a plus qu'à donner un bon coup de balai...

Et voilà, c'est avec ça qu'elle va pouvoir commencer... le Grand Bricolage.

❋ 2 ❋

Les moyens sont rudimentaires. Et même plus. Mais pas question d'importuner le Patron avec des problèmes matériels : crédits de fonctionnement = 0. Il faudra donc aussi travailler seule. Elle avait bien dit « j'en fais mon affaire »... non ?

Elle a encore besoin d'équipement. En mobilier, en verrerie, en appareillage, pour l'eau distillée par exemple, et en fournitures pour les milieux nutritifs : il y en a pour cent mille francs – c'est le quart de la valeur à neuf de sa 4 CV. Elle se met encore un emprunt sur le dos.

Mais tout ce dont elle a besoin n'est pas en vente en France. Le milieu nutritif salin physiologique du commerce, qui convient aux virologues, fait l'affaire, mais le reste, elle le prépare elle-même. Le milieu, qui doit être complété par du sérum de veau embryonnaire, bien stérile, est remplacé par des œufs couvés de onze jours. Elle traverse Paris pour broyer dans une seringue les embryons fournis par un complice qui prépare des vaccins à l'Institut Pasteur. Et elle additionne le tout de sérum humain, le sien.

Pour immobiliser les fragments sur les lamelles, il lui faut du plasma de coq, pauvre en calcium. Elle va en choisir un jeune à la campagne, le ramène avec son sac de blé, et le loge à l'hôpital dans le jardin des infirmières. Chaque fois qu'elle en aura besoin, elle lui ponctionnera la veine alaire.

Les tissus à cultiver seront prélevés par le service de chirurgie, avec les autorisations nécessaires, chez des enfants normaux. Il faudra essayer de les faire pousser sur des lames, et de fixer de manière lisible une mitose, ce court moment où la cellule se divise et où l'on peut dénombrer ses chromosomes.

Elle vient d'inaugurer le premier laboratoire français de culture cellulaire. Une petite fête toute seule, dix minutes. Elle sait avoir peu de temps, car la course internationale est lancée, et avec d'autres moyens que les siens. Mais le vrai travail peut commencer.

Personne ne vient la voir, sauf de temps en temps l'assistant du Patron. Il passe la tête dans la porte, demande si ça va. Et repart sans doute rendre compte. Au début, il se montre intrigué.
– Qu'est-ce que c'est ?
– Un tube de culture d'embryon de poulet...
– Ah d'accord.

Puis il devient goguenard, peut-être est-ce un peu de la familiarité. Mais au vu de la précarité de l'installation, certainement y a-t-il de quoi être sceptique quant au succès de l'aventure.

Les conditions matérielles sont visibles, moins les problèmes techniques qui en découlent. Souvent, il faut adapter les procédures, développer ses propres solutions. Quand elle pense aux jours que ça lui fait perdre, elle se dit que réinventer l'eau tiède n'est pas une si mauvaise méthode pour inventer l'eau chaude. *Ad augusta per angusta*, comme disait son professeur de latin pour encourager les cancres.

Parfois elle s'endort là, trop moulue de fatigue. C'est que, comme à Boston, elle y vient sur son temps libre, et ses responsabilités, son clinicat entre autres, ont priorité sur sa recherche.

Et il y a les moments de découragement. Car elle essuie des échecs bien sûr. Alors elle repense à son arrivée à Paris, encore adolescente, à sa sœur aînée et modèle, interne en fin d'études, l'accueillant par ces mots : « Quand on est une femme, qu'on n'est pas fille de patron, il faut être deux fois meilleure pour réussir ». Et deux ans après, la politique nazie de la terre brûlée. Les trous dans sa robe, à l'hôpital de Meaux où elle l'avait veillée. Face au chagrin de leurs parents, dès lors, il avait fallu être deux fois meilleure pour deux.

Cela n'avance finalement pas mal. L'été, ses premières cultures réussissent suffisamment pour la convaincre que sa technique est parfaitement au point. Elle voit dans son microscope de façon nette, en suivant les traces du Javanais Joe Hin Tjio, le caryotype humain qu'il a découvert dix-huit mois auparavant.

Aussi les difficultés en sont-elles parfois réduites à l'accessoire. Au point du jour, qui est une heure indue en cette saison, de glorieux cocoricos retentissent dans l'hôpital. Et souvent, l'interne de garde exprime son ras-le-bol.
– C'est quoi, ici ? Une ferme ?
– Je ne sais pas... Posez la question au Patron.
– Je n'en peux plus de votre gallinacé ! Il y a le zoo à côté, qu'il aille gueuler sur du fumier de zèbre !
– Il est le sang de la Recherche française, monsieur !

Le clinicat terminé, son activité officielle l'appelle ailleurs. C'est un mi-temps dans un service de cardiopathie, plus des consultations sur l'objet de sa thèse, et le début d'une activité libérale de pédiatre. Pour travailler « à sa convenance » sur « son affaire », elle fait désormais le trajet exprès. Le Patron est moins distant, car n'ayant plus à faire dans l'hôpital elle ne le voit plus du tout.

Mais une nouvelle tête apparaît. C'est un stagiaire du CNRS qui a déjà collaboré aux recherches du Patron, dont il est le protégé. Lors de sa visite, il se montre bien plus intéressé que l'assistant. La chercheuse, forte de ses premiers succès, est heureuse de lui montrer ses préparations et de lui fournir des explications. Mais la réponse à sa dernière question le laisse sur sa faim :
– Où trouve-t-on la bibliographie ?
– Elle n'existe pas. Je n'ai que mes notes, accumulées depuis deux ans.

Bientôt, deux techniciennes de l'Assistance sont affectées à son service, bombardées laborantines. Elles ont été désaffectées d'autre part, mais c'est déjà signe qu'elle est enfin prise au sérieux. Lucienne et Yvette se connaissaient un peu, mais elles font désormais partie d'une équipe qui requiert leur parfaite entente. Mises au courant de l'importance du projet, elles y apportent toute leur ardeur.
– Eh bien il va falloir se retrousser... déclare Yvette. On n'est pas ici pour se la couler.
– Euh... Tu es sûre que tu n'oublies pas des mots ? s'étonne Lucienne.
– Pourquoi dire les expressions en entier ? Tu as compris ! tu n'es pas tombée de la dernière.
– Oui, mais c'est surprenant comme façon de parler.

Les nouvelles laborantines apprennent à laver au savon de Marseille et à rincer à l'eau distillée, à travailler sur du verre neutre, à surveiller une culture. Elles peuvent déjà s'occuper seules.
– Il faut que j'aille à Pasteur remplir une seringue. À demain, mesdames.
– Vous avez les yeux qui brillent quand vous allez aux embryons, docteur. Oh pardon ! je vous fais rougir.
– Mais je ne suis pas vénale ! rit la chercheuse, c'était déjà mon petit ami avant d'être mon fournisseur !

À son retour, elle s'occupe de ses préparations tout en poursuivant la formation.
– Ceux-là sont superposés, on les voit mal. Je vous montrerai comment on les disperse.

– Au fait, dit Yvette, on a oublié de vous dire, le jeune homme qu'on a vu hier...
– Quel génome ?
– Non. Le jeune, homme. À peu près votre âge, tiré à quatre.
– Ah oui, ça doit être Fouinard.
– Sûrement, fait Lucienne, car moi je l'appellerais plutôt M. Sans-gêne.
– Il nous tirait les vers, ... et fourrait le sien partout.
– Vous risquez de le revoir, il doit surveiller l'avancement du projet pour le Patron. Oui, ça lui va bien, finalement, Génôme.

Une nouvelle étape du progrès humain est franchie, un satellite artificiel se promène dans l'espace. Les mystères du vivant gravitent, à une autre échelle, dans des sphères tout aussi lointaines, et pour les deux apprenties, s'initier à la technique du choc hypotonique c'est un peu préparer le lancement d'une fusée. Comme partout sur la planète, le dernier exploit technologique alimente les conversations.
– Docteur, quand est-ce qu'on arrêtera le progrès !? En tout cas, ça montre qu'il n'y a pas que les Américains... Les journaux disent qu'ils enragent de s'être fait doubler.
– Je crois que je peux facilement me mettre à leur place.
– Mais si les Russes trouvent avant vous, ça ne sera pas de votre faute. On ne peut pas dire que le Patron soit d'un grand soutien. Il est même aux abonnés.
– J'ai un vague souvenir de l'avoir vu ici... Vous séchez la lame après fixation, comme ceci, pour qu'ils s'aplatissent.
– Il a envoyé le Génôme nous tourner autour, mais il ne fait pas bip-bip, lui.

– Excusez-moi de passer de l'âne au coq, intervient Lucienne, mais il devient récalcitrant. Regardez comme il m'a pincée quand je l'ai attrapé pour sa prise de sang.
– J'ai déjà remarqué. En plus il a grossi : la qualité du plasma en pâtit. Mesdames... je prononce la mort.

Ramené un dimanche soir de la campagne, un superbe Leghorn succède au New Hampshire.
– Je vous invite à manger un coq au vin ?
– Ah ! Docteur, vous me mettez l'eau.

Le déjeuner du surlendemain, plus long que d'habitude, est pris en commun au laboratoire.
– Un délice... proclament les deux laborantines.
– Beaucoup de races de *Gallus gallus* portent des noms anglais, vous ne trouvez pas ça bizarre ?
– Ce n'est pas très cocardier, en effet. Mais tout animal sacré qu'il est, il passe quand même à la casserole.
– Docteur, dit Lucienne, vous cultivez des cellules depuis un an maintenant. D'accord, vous continuez d'en apprendre tous les jours, mais vos recherches devaient porter sur le *Syndrome*, alors pourquoi est-ce que nous ne travaillons pas directement sur des tissus d'enfants qui en sont atteints ?
– J'attends que le Patron obtienne des parents qu'ils signent les autorisations. Le fait est que nous ne brûlons pas les étapes...
– Il doivent quand même être jaloux, les autres. Ce n'est pas ordinaire de voir une femme à votre place.
– Au concours d'internat, nous étions deux extraordinaires sur quatre-vingts admis. Quand on est une femme...

– Il faut travailler deux fois plus pour réussir ! Vous l'avez déjà dit, docteur. Mais avec la moitié d'un salaire d'homme, ça fait un facteur quatre, et moi je fais la popote et je torche les gosses en rentrant, ça fait facteur six.
– Nous les femmes, tranche Yvette, on n'est pas sorties... De l'auberge je veux dire, pas de la cuisse.
– Nous avions compris !

Les nouvelles recrues ont maintenant révélé leurs remarquables capacités – tandis qu'un abîme silencieux sépare toujours l'hôpital et le labo. Pendant une pause, profitant de ce que la chercheuse semble moins absorbée par ses soucis, Yvette lui fait part de sa propre analyse de la situation.
– Quand vous faites ce que vous appelez des manipulations, vous faites pousser un tissu, vous attendez et vous observez. Lui, il a laissé pousser un labo, il attend et il vous observe.
– La manipulatrice manipulée, en somme.
– Il y a plus de deux semaines que le Génôme n'est pas venu nous voir.
– Tiens, c'est vrai. Je me demandais ce qui allait bien ! Il a peut-être fini par comprendre ce que nous faisons.
– Il disait que ce n'était pas très compliqué, vous vous souvenez ?
– Non, c'est moi qui lui ai dit ça.
– Oui, eh bien si vous voulez mon avis, ça n'est pas tombé dans l'oreille.
– Comment ça ?
– Mon petit doigt me dit qu'il ne met plus sa voiture au garage, dans son joli pavillon de banlieue...

– Oh ! il y a installé un laboratoire ! Écrivez des romans d'espionnage, Yvette ! Mais ç'aurait été plus simple de vous utiliser pour infiltrer le mien.
– Pour ça, il faut une organisation. Eux ils improvisent depuis qu'ils ont trouvé la poule.
– Ah oui, la poule. Vous savez, autant me laisser pondre l'œuf d'or. Car dans votre « hypothèse », il lui faudrait beaucoup trop de temps pour y parvenir ; il ne suffit pas de nous observer manipuler ou de lire mes notes pour percer mes arcanes.
– Quand ils s'en rendront compte, vous aurez peut-être les tissus que vous réclamez à cor.
– Les autorisations de prélèvement ont encore tardé, mais c'est en cours. Dixit le Patron.

Les deux mois qui s'écoulent ensuite sont désespérants. En mai, la chercheuse envisage de tout laisser tomber quand le prélèvement tant réclamé arrive enfin. Un seul échantillon ! Mais tout de même du tissu conjonctif de la cuisse, comme elle a demandé.
Quand elle obtient les mitoses... elle voit !!! Arrivée avant l'aurore, elle est toujours au microscope quand Yvette fait irruption.
– Docteur, la IVe République est finie ! Le général revient aux commandes !
– Pas possible...
– Mitterrand crie au coude... au coup d'État !
– Qu'est-ce que vous pensez que ça lui fera, au général, d'apprendre que sa petite fille chérie avait un chromosome de plus ?

– Celle qui est morte...?
– Regardez, comptez-les.

Pendant qu'Yvette effectue l'opération mentale sur des éléments épars qui ne se distinguent que par leurs tailles et leurs centromères, sa collègue arrive en boutonnant sa blouse.
– Bonjour mesdames ! Vous avez entendu la radio ?
– Quarante-sept ?! s'étonne Yvette. Il y a un intrus, ou bien ?
– Comptez les acrocentriques...
– Mais oui... c'est le petit spoutnik, là.
– Alors ça y est, vous avez gagné ? questionne Lucienne.
– Oui on dirait. Mais il faut d'autres cas pour être sûres.
– Une hirondelle.
– Comme vous dites. Mais nous sommes presque en été.
– Il va falloir encore attendre six mois pour avoir des tissus ? Il faut battre le fer, docteur !

Le Génôme, qui était aux aguets, se montre dès le lendemain. On lui fait contempler du jamais vu.
– C'est de la belle ouvrage, dites-moi. Ainsi vous avez trouvé quelque chose.
– Maintenant, il faudrait un microscope optique doté d'un appareil photo pour établir le caryotype et publier la découverte.
– On a du mal à le voir.
– Oui, c'est le plus petit. C'est pour attester de sa présence que j'ai besoin de bons clichés.
– Ce serait plus pratique de les faire faire ailleurs. Si vous voulez bien me confier vos préparations, je les amène tout de suite dans un laboratoire où j'ai mes entrées.

– Alors allez-y... Prenez-les.
– Merveilleux ! Je me dépêche et je reviens. C'est l'affaire de quelques jours. À bientôt, chère amie.

Après son départ, s'apercevant de l'absence des précieuses lames, Yvette se fige.
– Vous les lui avez données ? s'indigne-t-elle. Vous pouvez attendre, vous ne les reverrez jamais !... Il va vous couper l'herbe.
– Qu'est-ce que vous racontez... Il le fallait bien. Notre travail a porté ses fruits... vous vouliez en faire des confitures ?

La laborantine se calme, la larme retenue s'épanche sous sa paupière. Sa collègue choisit un autre ton.
– Ce matin, il paraît que le coq a chanté trois fois. Et cet homme-là n'est pas St Pierre.
– Ni Pierrot le fou. Ah ! vous êtes terribles, toutes les deux. Il ferait beau voir que les médecins soient des maraudeurs !
– Oui, il ferait beau, insiste Yvette à la fenêtre. Tiens ! le voilà qui prend la poudre. Il y a sa voiture qui démarre sur les chapeaux.

✳ 3 ✳

Comme par hasard, les prélèvements suivants arrivent rapidement. Les résultats sont identiques ; les derniers doutes s'effacent, il n'y a eu ni erreur ni artefact.

Pendant ce temps, au Danemark, un journal local relate qu'un jeune scientifique étranger passe des vacances dans la famille de son épouse. Le milieu scientifique français, n'y étant pas abonné, ignore que le Génôme rencontre des confrères danois qui lui font profiter de leur photomicroscope. Les tirages obtenus sont tout simplement pharamineux. En possession du Saint-Graal, une lueur de démence passe dans son œil, il entrevoit la Terre promise. « Ta découverte va lancer ma carrière... » C'est à lui-même qu'il parle.

– Est-ce que les photos ont été prises ? demande un jour Yvette.
– On m'a dit que oui ; on ne me les a pas montrées.
– Le Patron doit les avoir chez lui.
– Autant dire qu'elles sont séquestrées, note Lucienne.
– Excusez-moi, docteur, vous en connaissez un rayon sur la vie organique, mais vous êtes encore jeune pour ce qui est de la vie tout court. Je veux dire... vous ne connaissez pas les hommes. C'est capable de tout.
– Ne vous inquiétez pas, Yvette, j'ai aussi des appuis qui sont au courant de mon travail... Si vous me trouvez un matin dans mon sang.
– Riez ! Bien sûr que vous ne courez pas de danger, puisque vous n'êtes ici à aucun titre. Vous travaillez pour la gloire. Mais au sens figuré, ça signifie travailler pour le roi de Prusse.

L'été est là et le Génôme n'est toujours pas revenu. Ce qui inquiète surtout la chercheuse, c'est pourquoi on ne publie pas tout de suite. La victoire revient au premier qui plante son drapeau, et dans le monde de la recherche, planter son drapeau c'est publier dans une revue scientifique. Mais elle en est encore à croire qu'on sous-estime la portée de sa découverte. De toute façon, elle est trop occupée pour échafauder d'autres théories sur ce qui se trame. Le laboratoire tourne à pleins tubes.

Mais le temps passe... Personne n'est encore venu la féliciter ! Cette fois, le malaise est installé, « il y a anguille... ». Le Patron est toujours aussi communicatif, son assistant est évasif...

Et le Génôme invisible. Fin août, il est pour le CNRS à la Conférence Internationale qui se déroule à Montréal. Il a avec lui les résultats de ses travaux, mais surtout une somme de données concernant ceux de quelqu'un d'autre. Sans même prévenir le Patron, il convoque un séminaire informel sur le sujet. Quand il annonce « sa » découverte, l'aréopage est d'abord excité, puis sceptique en entendant cet expert des radiations ionisantes donner des réponses pas toujours cohérentes à leurs questions de généticiens. Ils soupçonnent une forme précoce de nobelite, cette pathologie qui fait qu'un chercheur récompensé dans un domaine se sent infuser la science dans n'importe quel autre. Ils ne sont pas loin de la vérité. Déjà Nobel dans ses rêves, le Génôme se sent infuser la génétique. Mais ce qui surtout les rend incrédules, c'est qu'il crache le morceau. Car habituellement, celui qui trouve la carte d'un trésor ne crie pas ses latitude et longitude sur tous les toits.

Son badge du Centre national de recherche lui permet de voyager. Il diffuse la nouvelle dans les congrès, et le seul fait d'avoir vendu la mèche commence à asseoir sa notoriété. Évidemment, d'autres chercheurs se sont mis en quête de ce pot aux roses qu'il a si aimablement dévoilé.

Mais dans le XIIe arrondissement de Paris, on n'est chercheuse qu'officieusement et à sa convenance. La mise à l'écart de cette femme se fait donc passivement ; il suffit de ne pas la tenir informée de ce à quoi elle n'a pas accès. Elle sait encore peu de choses des pérégrinations du nouveau généticien, mais elle réfléchit.

Elle vient de consacrer seize ans à la médecine, c'est-à-dire connaître pour soigner. Mais la médecine système médical, elle réalise qu'elle ne s'y est jamais penchée ; qu'elle commence seulement à en faire l'expérience. Et elle sent que quelque chose se dessine sournoisement. Cependant, elle ignore les manœuvres florentines auxquelles le Patron se livre en coulisse, dans le but de confier à son élève la grande chaire de cytogénétique que le petit chromosome va permettre de créer. Et chaque jour, elle se demande pourquoi on tarde tant à publier. Mystère ! Est-ce la peur de l'erreur ?

En effet, le Génôme, qui n'a pas d'expérience en culture, craint l'artefact, cette terreur des chercheurs, qui briserait sa carrière jusque-là assez peu brillante. Tout à la fois inquiet et exalté, il ne sait sur quel pied danser : « Cette fille est sûre d'elle. Mais elle est tellement naïve... Et avec son labo miteux ! Pourtant, si les résultats sont avérés, je suis génial. »

Cinq mois déjà que la fille en question récolte invariablement le « v » micrométrique. Le V de la victoire est en train de muter en V comme vautours. Elle se décide à écrire pour donner des nouvelles de son coq, et glisse une question sur ce qu'il advient de ses lames. Trois semaines plus tard, Lucienne voit les yeux ronds qu'elle fait en ouvrant son courrier.
– Vous avez des nouvelles ?
– Figurez-vous que l'information a du mal à traverser le jardin de l'hôpital, mais quand elle le fait, elle passe par la Californie. Le Génôme vient enfin de me répondre, de Pasadena n'est-ce pas, où il visite un centre de recherches

sur les drosophiles.
- Elles ont des trisomies, les drosophiles ?
- Oui, il regarde sans doute si les nôtres leur ressemblent.
- Et que dit-il ?
- Que le Patron lui a écrit que mes préparations ont fait l'admiration d'un généticien norvégien.
- Vous ne nous aviez pas dit qu'il était venu !
- Pas ici... là-haut ! Il parle de celles qu'il a emportées en juin. Pourquoi est-ce qu'ils ne les exposent pas au Muséum ? je me le demande. Et il ajoute : « Cela prouve que ce brave sait apprécier la qualité. »
- Quoi ? s'exclame Yvette. Là, j'espère que vous vous rendez compte qu'il se paye votre tête.
- C'est à n'y rien... (*la pingrerie linguistique devient contagieuse.*) Il y a tout juste deux ans, j'entendais le Patron réclamer un labo un labo mon royaume pour un labo... Richard III a son cheval et il reste planté au milieu de la bataille.

Effectivement, les forces ennemies progressent. Les Anglais trouvent un chromosome surnuméraire... dans un autre syndrome, ouf... En fait d'Anglais, c'est une gamine de vingt-quatre ans ! Le Rosbif doit avoir un gène inhibiteur de la pulsion primaire du chromosome Y. À moins que ce ne soit la civilisation.

À Paris, c'est la panique et on décide de publier en urgence. Heureusement, là où la France a toujours deux mois d'avance sur les autres, c'est pour le délai de publication des découvertes. Trois jours dans les *Comptes Rendus de l'Académie*, contre deux mois dans le *Lancet*. C'est presque de la triche !

Fin janvier, un samedi, le Génôme appelle la chercheuse et lui demande de venir le voir à midi. Quand il lui lit l'article qui sera publié le lundi, elle est en état de choc. Principale intéressée, on ne l'a pas prévenue de sa rédaction – elle n'y a pas seulement participé. Le nom des auteurs suit l'intitulé : le Patron, responsable du projet, est en dernier conformément à l'usage, mais contrairement à celui qui veut que le chercheur ayant imaginé et réalisé les manipulations soit le premier signataire, c'est le Génôme qui signe en premier. Elle figure en deuxième place, celle qu'il est d'usage d'attribuer aux faire-valoir. Et son titre est... « boursière » ; pas mal pour quelqu'un qui a financé le labo de sa poche. Quant aux clichés tant désirés de sa découverte, elle ne les verra jamais.

Il l'entretient sans la moindre gêne, avec la courtoisie due à son sexe, comme si de rien n'était. Mépris à l'état pur, *sans haine et sans sarcasme*. Elle sent ce qu'elle est : une cellule qu'on a mise en culture dix-huit mois et qui a craché sa mitose. Elle ne sait pas que bientôt elle sera aussi transparente que la lame où elle a fixé ses préparations. Le réveil est tardif et brutal.

C'est là ce qui fait qu'on se sent devenir imbécile, qu'on ne comprend plus, et qu'on se demande si on rêve, si on dort, si on radote, et si vraiment il s'est bien passé quelque chose. *

Sur la version imprimée elle voit, ajoutant l'insulte à la blessure, son nom écorché et son prénom changé. Ce n'est pas une erreur typographique, impossible dans les *Comptes Rendus*. De tout temps, pour éliminer quelqu'un, on a commencé par effacer son nom.

---

* Jules Renard, *Les Cloportes*.

❋ Épilogue ❋

Mais la France a son grandhomme. Un de plus. Celui-ci est l'homme de la grande découverte. L'intéressante découverte qu'il fit un jour dans le labo d'une autre. Labo qu'elle n'a pas encore fini de payer.
    Médailles d'or et titres en tous genres tombent comme à Gravelotte. Il est moins besoin de la tenir à l'écart, ce sont les journalistes qui la bousculent pour s'approcher du « Professeur » qu'il est déjà. Si on l'interroge, c'est sur lui. Si elle répond qu'il n'a rien à voir avec ce qu'il s'est attribué, on va tendre le micro à quelqu'un d'autre.
    Au laboratoire, les techniciennes sont tout aussi amères. Derrière sa paillasse, Lucienne lance :
– Docteur, vous connaissez l'ouvrier de la onzième heure ?
– Oui, il est payé autant que ceux qui travaillent depuis la première. (1)
– Je connais celui de la douzième. Il arrive à l'heure de la paye et part avec.
– Est-ce qu'il entre aussi au Royaume des Cieux ?
– Ça... il faut demander au Pape. Qu'en penses-tu, Yvette ?
– *Tire un marron, puis deux, et puis trois en escroque :*
    Et cependant Bertrand les croque. (2)

(1) Évangile selon St Matthieu, 20, 1-16.
(2) La Fontaine, *Le Singe et le Chat*, Fables, IX,17.

Mais le lieu est déjà sorti de sa quarantaine. D'un coup de baguette magique, personnel et équipement ont afflué. On a installé *la machine qui fait « ping ! »* (1). Puis on a tourné un film. À l'avant-première, elle se voit penchée sur son microscope ou donnant des explications techniques. Quand elle le revoit plus tard, ce n'est plus son image, et ses paroles servent de voix off à la gestuelle du nouveau maître de recherche, promu sans cursus. Speakerine...

Comme le guide qui avait emmené un grandhomme sur l'Annapurna, elle est enlevée de la photo et censurée. À la différence que ce grandhomme-ci n'était même pas membre de l'expédition.

Elle cosigne encore la publication suivante, puis disparaît graduellement de la liste des auteurs. C'est que le jury du Nobel ne décerne pas le prix à trois noms... Elle n'a de toute façon plus goût à passer pour « la petite laborantine » du « Professeur ». Même s'il mentionne son existence, cela passe pour de la galanterie. Et déclarer qu'il lui doit tout ne ferait qu'ajouter la modestie à ses hautes qualités. Elle ne souhaite pas non plus se vouer au catalogue de toutes les malformations. À l'origine, elle voulait soigner des enfants, alors elle reprend le chemin clinique prévu.

On commence à rendre à une autre femme (2) la *maternité* de la découverte des chromosomes sexuels, soixante ans après. Elle attendra donc d'être centenaire. *La gloire est le soleil des morts* (3), qu'il l'emporte donc avec lui. Maintenant elle retourne à sa vie, et ses récompenses ce sont les dessins que lui offrent les enfants qu'elle soigne.

---

(1) C'est-à-dire qui sert plus à la frime qu'à autre chose ; cf. les Monty Python, *Le Sens de la vie*.
(2) Nettie Stevens (1861-1912).
(3) Balzac, *La Recherche de l'absolu*.

Le grandhomme sera honoré à la Maison-Blanche par le président, qui lui remettra son prix, puis il obtiendra le prestigieux William Allen Award, ne partageant pas davantage les dollars que les honneurs. Mais le plus convoité lui échappera. Le comité Nobel fera savoir au monde scientifique que la découverte le méritait. Or l'homme qui y est associé n'est même plus un scientifique, il s'est fait thaumaturge. Ses promesses de guérir le *Syndrome* ne sont crédibles que par qui va embrasser la paroi de la grotte de Lourdes.

Et ses commandos anti-avortement heurtent la déontologie. Derrière ce nouveau combat apparaît en filigrane son péché originel. Chaque femme qu'il obligera à procréer ignorera qu'elle est la projection d'une seule : celle qui a failli lui prendre sa carrière.

Mais ce qui l'éloigne de la science le fera adouber par les milieux rétrogrades et lui gagnera l'amitié du Pape, qui ira prier sur sa tombe et demandera sa béatification. Ces réseaux étant plus puissants que ceux du Patron, il pourra donc effacer aussi son nom. Les héritiers de celui-ci auront beau produire en justice les archives médicales, quiconque a acquis le statut de « l'homme-qui-a-... » ne craint plus le verdict d'un juge. Sa figure est gravée dans le marbre des esprits, comme la photo du vainqueur disqualifié d'une course olympique. La vérité est une terre vierge qui appartient pour longtemps au premier qui y plante son drapeau.

18 octobre 2013

≈ ≈ ≈ ≈ ≈
≈ ≈ ≈ ≈ ≈ ≈
≈ ≈ ≈ ≈ ≈ ≈
≈ ≈ ≈ ~ ≈ ≈

Un nouvel épilogue à cette histoire commence par le texte lui-même, qui se propage en quelques heures par courriels. Bien qu'ayant puisé ses sources dans des articles scientifiques non contestés, il provoque une vive controverse largement médiatisée. Le 18 avril 2014, soit cinquante-cinq ans après son aventure, une femme ressemblant à l'héroïne est promue directement officière de la Légion d'honneur pour sa découverte de la trisomie 21.

Complaisances

Dans un terminal au fond du port de Mobile, Alabama, le *Madeleine Lemaire* était amarré depuis quelques heures. Ses trappes ouvertes, les portiques géants y descendaient leurs bennes, déchargeant ses soixante mille tonnes de vrac par petites pincées de quarante tonnes.

En ce bel après-midi d'octobre, un membre de l'équipage débarqua. « À ce soir, Long John ! » lui lança un matelot. Celui qu'on appelait ainsi était le coq ; il boitait légèrement, et il avait la cote avec les enfants : trois seules raisons à son surnom ; il n'avait surtout jamais égorgé personne.

Il marcha. C'était la première fois depuis les berges de la Gironde, car à bord, il ne tenait pas à faire des tours de navire juste pour se donner de l'exercice. En une heure trente, il fut à Langan Park. En avance au rendez-vous, il l'attendit sur un banc.

Clare a son travail juste à côté, et elle arrange son emploi du temps lors des passages de Long Gone (c'est ainsi qu'elle a modifié le sobriquet, quand elle ne l'appelle pas par son *christian name* ou par quelque chose de plus doux).

Quel chouette endroit que Langan Park pour les cœurs en fête ! Ils y restèrent *a couple of hours* et Clare, qui avait pris sa VW ce jour-là, le ramena vers ses fourneaux. Le soir, elle le reprit au coin de rue convenu, et en un petit quart d'heure ils furent chez elle, à Riviere Du Chien.

Durant l'escale, Long John laisserait le garçon de service préparer le petit déjeuner. Le lendemain, il arriva en cuisine en milieu de matinée.

Nourrir vingt-cinq bouches, c'est être aussi responsable de l'avitaillement, et son service terminé, il passa chez le shipchandler. Les fruits de mer étant hors de prix à cause de la marée noire, Clare proposa d'aller un après-midi à Bayou La Batre. Pittoresque, le port n'en restait pas moins sinistré. Ils purent cependant y faire leur marché à des conditions avantageuses.

Ils profitèrent l'un de l'autre ces quelques jours, mais l'heure de se quitter arriva bien vite. Plutôt qu'attendre le dernier moment et prendre l'Interstate 10 jusqu'au port, ils partirent avant l'aube et louvoyèrent dans les quartiers sud, tâchant ainsi de dilater les instants qui leur restaient. Ils se garèrent sur le front de baie et marchèrent sur le rivage, guettant le lever du soleil au-dessus de Daphne.

Ils passèrent près d'une bouteille de cola, sans étiquette, qui dans le clapotis semblait faire des efforts pour aborder. Clare aperçut la feuille de papier roulée à l'intérieur. Elle arrêta leur marche, mouilla une de ses baskets, et ils lurent ensemble le message à la lumière du crépuscule.
– Oh ! la pauvre... fit-elle.

Il remit le papier dans la bouteille qu'il referma ; de retour à la voiture, il la fourra dans son sac en disant :
– On n'a pas tous les jours l'occasion de secourir quelqu'un en détresse.

Le vraquier appareilla à 11 h. Manœuvrer un tel monstre en haute mer est un métier, en eau douce c'en est un autre : c'est celui des pilotes. Celui-là avait pu savourer les frites de Long John après la sortie du port, car le lamanage est presque un jeu d'enfant dans la baie, et elle fait cinquante kilomètres de long. Lorsqu'on dépassa la péninsule Fort Morgan, la pilotine arriva par tribord depuis Fort Gaines pour récupérer le pilote. C'est à cet endroit qu'à la guerre de Sécession le contre-amiral Farragut s'était écrié : « Au diable les torpilles ! » Il aurait dit la même chose en mangeant les frites de Long John. Le pilote, avant de descendre, passa le féliciter : « Si un jour tu veux ouvrir un restaurant dans le coin, je peux t'aider à trouver les fonds ! »

Le *Madeleine Lemaire* zigzaguait d'une côte à l'autre de l'Atlantique. Les traversées se faisaient plus longues depuis le krach, jusqu'à dix jours pour certaines liaisons. Les cargaisons étaient moins urgentes, et on optimisait aussi la consommation de carburant. Ce qui faisait qu'on se traînait couramment à moins de vingt nœuds. Mais il y avait toujours cinq jours d'escale.

Dès l'accostage, les trappes sont ouvertes et les portiques géants puisent dans les entrailles du cargo. Nouveau cycle. Cette fois-ci, nous pourrions visiter Anvers, accompagner notre homme chez d'autres de ses amis. Cela nous éloignerait de la bouteille ; notons qu'elle se trouvait toujours dans la cabine du coq.

Après l'automne vint l'été : Tubarão, Brésil ; puis Saldanha, Afrique du Sud ; et retour au Brésil, à Santos. Cinq jours à quai chaque fois. Si les vraquiers étaient chargés et déchargés aussi vite que les porte-conteneurs, notre personnage aurait déjà changé de vie. Il apprécie le surcroît de temps libre que lui offre son métier, et surtout par la proportion passée à terre.

Abidjan, Newark, Gijon, Hampton Roads... Et fin mars, le cargo fit son entrée au Havre en soirée. Le lendemain, Long John faisait ses préparatifs pour le déjeuner, tout en jetant des coups d'œil vers les quais.

Lorsqu'il aperçut un enfant caché derrière un bollard, il ôta son tablier et descendit à terre.

– Bonjour, Julien ! Comment vas-tu !
– Bonjour, Long John !
– Qu'est-ce que tu as à l'œil ? Tu t'es encore battu ?
– Non... c'est de la conjonction.
– Conjonctivite ?
– Oui c'est ça.
– Ah... Et tu es en vacances ?
– Pas encore...
– On n'est pas mercredi non plus !
– Je fais le pont.
– Tu passes là par hasard ?
– L'arrivée des bateaux est affichée. Et j'ai reconnu ton drapeau français.
– D'abord, ce n'est pas un drapeau, c'est un pavillon.
– C'est pareil.
– Non, et en plus ce n'est pas le pavillon de la France, c'est le pavillon Kerguelen.
– C'est où ce pays ?
– Ce n'est pas un pays mais des îles de l'océan Indien, qui font

partie de la France.
- Eh ben alors c'est pas tellement logique !
- Si tu as remarqué que les adultes ne sont pas logiques, c'est que tu es déjà assez malin. La plupart des navires marchands sont sous pavillons de complaisance.
- Ça veut dire quoi ?
- La complaisance, c'est quand on laisse faire des choses pas bien. Par exemple maltraiter des gens...
- Je vois pas le rapport...
- Le rapport avec quoi...?
- Ben avec les navires !
- Quand on voit bleu blanc rouge, on pense à liberté égalité fraternité. On ne devrait pas ! Tous les matelots travaillent autant, mais sur le même bateau il y en a qui sont payés quatre fois moins que d'autres, juste parce qu'ils sont nés en Ukraine, en Roumanie, ou en Chine.
- J'ai vu un film de pirates ; ils voulaient attaquer un navire espagnol, ils arboraient le drapeau espagnol.
- Euh... ben oui, c'est un peu pareil, je n'y avais pas pensé... En plus, moi je descends à la prochaine escale pour six semaines de congés payés. Mais les autres attendront ! Ce n'est pas très juste ; comme si tu restais ici pendant que tes parents vont en vacances.
- Oui mais eux ils travaillent bien, et moi je redouble.
- Si en plus tu es d'accord ! Ce sera bientôt toi qui décideras de te priver de dessert.
- Les Chinois, ils sont privés de dessert ?
- Ah non ! Heureusement que tout l'équipage a le droit de manger la même chose, et à volonté, autrement je démissionnerais. Ma complaisance a des limites.

À un moment, l'enfant regardait ailleurs. S'il avait vu le geste du coq, il aurait remarqué le petit plouf qui s'ensuivit. Mais quelques instants plus tard, il s'exclama :
– Hé ! Long John, regarde là !
– Bien oui quoi, encore une bouteille... c'est dégoûtant.
– Mais il y a un papier enroulé dedans ! C'est un message d'un naufragé !
– Un naufragé qui a de quoi écrire a déjà un certain luxe...

La bouteille dansait dans un brise-lames. L'enfant ôta ses chaussures et son pantalon et alla la repêcher.
– Tu as aussi de la conjoncture aux jambes...? demanda Long John.
– Je l'ai !

Tout excité, il sortit la feuille et commença à lire.
– *My name is Louise Hart, I'm 8. I live in Mobile, Alabama...* Je comprends pas l'anglais...
– Et tu ne l'apprendras pas l'an prochain si tu redoubles. Montre... Oh mais elle a fait son portrait !
– Elle dessine pas mal, hein !
– C'est donc Louise Hart, huit ans, qui t'écrit de – je continue – *« Mobile, Alabama, c'est tout en bas des États-Unis d'Amérique, vous devriez trouver sur une carte, c'est à 125 miles à l'est (à droite) de la Nouvelle-Orléans.*

« Demain, c'est notre sortie scolaire de fin d'année. Le car nous amènera à l'île du Dauphin, heureusement le pont a résisté à l'ouragan, qui pourtant a coupé l'île en deux !!! On visitera un musée, et un parc ornithologique (la maîtresse a écrit le mot au tableau), et après on pourra se baigner. Mais

la première chose qu'on fera, c'est une excursion en bateau et nous jetterons nos bouteilles à la mer !

« *Si quelqu'un trouve mon message de l'autre côté de cette planète, vous pouvez m'écrire, voici mon adresse...* »

– Cette bouteille a traversé tout l'océan ?!
– Elle est d'abord sortie du golfe du Mexique, en prenant le *Loop Current* jusqu'au détroit de Floride, et là elle a pris sa correspondance dans le *Gulf Stream*. C'est comme à la poste, le voyage n'est pas très compliqué, mais pour la distribution à l'arrivée, il faut trouver le destinataire... Maintenant, il faut que tu répondes. Tu peux faire ça dans ma cuisine...
– On me laissera monter ?
– Tu réussis bien à traîner dans le port... Mais le commandant est descendu ; je suis le personnage le plus important du bord après lui. Tu es mon invité... La bouteille, tu la gardes ?
– Ben oui, en souvenir.
– Tu en veux une autre pour la réponse ?
– Ha ! Ha ! Ha !
– Allez, monte, je ne tiens quand même pas à ce qu'un officier te voie.
– Au fait, c'est qui Madeleine Lemaire ?
– Elle peignait des tableaux. C'était une copine de Marcel Proust – un écrivain. Il a passé un été chez elle, à Réveillon.
– Ils faisaient le réveillon l'été ?
– Non, c'est le nom de son château. Il devait être un peu amoureux d'elle parce qu'après, chaque fois qu'il mangeait une madeleine, ça lui rappelait des bons souvenirs.
– Moi, mon meilleur souvenir, c'est tes frites.
– Tu as de la chance, il y en a au menu.

Ils montèrent au château de *Madeleine Lemaire*, qui en l'occurrence s'appelait aussi une dunette. Long John servit son invité, supervisa la rédaction de la lettre, et se chargea plus tard de la poster.

Lorsque le navire quitta le port du Havre, la lettre de Julien était arrivée à Louise. Sa mère allait la montrer à la maîtresse d'école ; et bientôt un journaliste du *Register* en serait informé.

Le surlendemain, le quotidien publiait l'historiette avec une photo du minois de la jeune Louise. La rédactrice en chef savait qu'il y avait encore un petit filon à exploiter, mais des contraintes budgétaires la firent hésiter.

Or, on était à quelques semaines des commémorations du Débarquement, et des familles d'anciens combattants s'étaient émues du manque d'entretien de ces petits morceaux de Normandie devenus territoire américain par le sang : les cimetières militaires.

Cela faisait assez de raisons pour faire voyager un journaliste d'Alabama jusqu'en Normandie. Avec mission de trouver l'enfant d'abord, car l'histoire, sans faire les unes hors de Mobile, commençait à être reprise dans les encarts *Infos insolites* de quotidiens du monde entier, et mieux valait trouver Julien avant les confrères locaux.

Lorsque Long John arriva à Baton Rouge, il était en vacances. Clare avait fait coïncider les siennes ; ayant pris la route la veille au volant d'un véhicule de location, elle l'attendait pour un long voyage en amoureux. Elle avait dans ses bagages plusieurs numéros du *Register*.

Ils avaient bien d'autres choses à se dire. C'est le soir, au motel, qu'elle sortit les journaux.
– Tu as réussi ton coup ! lui dit-elle.
– Je ne sais pas... Alors, ça c'est le premier article...? C'est donc elle, là !... Sa mère déclare : « Je n'arrive pas à y croire ! »... La maîtresse : la même chose... John Doe, interviewé dans la rue : « C'est juste incroyable ! »
– Je ne sais pas si tu as remarqué, aujourd'hui quand les gens s'exclament qu'une chose est incroyable, c'est qu'ils sont prêts à tout pour y croire.
– Le lendemain... Une représentante de l'Institut National Océanographique, contactée par le journal, exprime son sentiment sur une bouteille à la mer qui traverse l'océan aussi vite : c'est incroyable. Je suis d'accord avec elle.
– Aucune importance : pour les gens, incroyable ne signifie que formidable.
– Reportage à l'école, leçon de géographie... Tu sais, quelqu'un a dit qu'une histoire est vraie si elle est belle... Peut-être un journaliste ; du moment que ça n'offense pas la déontologie... Même les lecteurs qui auraient des doutes auront la complaisance de ne pas les exprimer. Ensuite... Visite chez la petite, qui a repris son papier à lettres. Bien... Et les dernières éditions ?
– Plus rien.
– Dommage...

Ils atteignirent le Mexique, et y séjournèrent plusieurs semaines sans se soucier du reste de la planète. Au terme de leur périple se trouvait la Californie. Car c'est du port de Long Beach qu'il reprendrait la mer, tandis qu'elle regagnerait

Mobile en train. Le port, au sud, et les plages de Los Angeles sont séparés par la péninsule de Palos Verdes, connue pour sa nature préservée, ses criques, et ses riches habitants. Ils y passèrent les derniers jours.

Dans leur chambre d'hôtel, ils se reconnectèrent au monde qu'ils avaient eu l'illusion de quitter. Ils payèrent un abonnement d'essai au *Register*, et pendant qu'elle était dans la salle de bains, il consulta en ligne les annonces de fonds de commerce.

– Tu as vu s'il y avait des nouvelles du petit garçon ? lança-t-elle dès qu'elle eut coupé la douche.

– Tu liras... Ils ont envoyé un reporter qui a des yeux pour voir. Les parents ont été arrêtés. Leur gosse a été placé dans une famille d'accueil. Et il a aussi une nouvelle famille à Mobile, qui est prête à l'accueillir pour les vacances d'été.

– Alors ton canular, c'est réellement devenu une histoire vraie !

– Mais déjà moins mignonne.

– Mais personne d'autre que toi n'avait donc remarqué que cet enfant avait besoin d'être secouru ?

– Il n'y a pas que les parents qui sont dénaturés, répondit-il en contemplant le corps ruisselant de sa compagne, dans un monde où ce sont les sauveteurs qui jettent les bouteilles à la mer et les naufragés qui les reçoivent.

– Mais c'est toi le sauveteur...

– Moi ? Qu'est-ce que j'étais : la bouteille portant le message.

– Chéri, tu me fais plus l'effet d'un naufragé à la dérive que d'une bouteille...

– C'est vrai, dit-il en la rejoignant sur le lit, mais plus pour longtemps.

* * *

L'année suivante, un très jeune couple alla manger dans un restaurant de Mobile. Le patron les servit lui-même. Avec un sourire malicieux, le client plissa les yeux et lui dit dans un anglais convenable :
– Long John, t'es un malin... Mais ça restera entre nous.
– Qu'est-ce qui restera entre vous, demanda la petite fille qui l'accompagnait.
– Qu'il n'y a pas de meilleures frites d'ici aux îles Kerguelen !

Histoire pour un enfant qui demandait ce que les ventres gargouillent

(qui lui donnera le goût de la lecture si l'on prend bien
soin d'adapter le vocabulaire à son niveau d'études)

à Louise, pour sa fête

Quand il était petit garçon, on ne faisait pas tellement attention à lui – chose des plus communes. En grandissant, il avait pu constater que ça ne changeait pas – chose encore banale. C'est qu'il ne suffit pas d'être sérieux pour devenir adulte (ou l'inverse), il faut aussi se mettre dans le sens du courant. Un fond d'innocence allié à un tempérament obstiné (il avait tout simplement refusé de faire sa communion) commencèrent à faire de lui une manière de paria. Car si l'individualisme est bien la vertu première de nos sociétés, c'est à égalité avec le conformisme.

Le petit garçon avait passé l'âge de la puberté depuis longtemps, et maintenant l'homme était toujours en butte au rejet silencieux de ses congénères. À leur contact, il se demandait souvent s'il était invisible, ou dans une autre dimension, ou s'il existait vraiment.

Il existait, puisqu'on pouvait parler de lui à la troisième personne alors qu'il se tenait juste à côté. Si ce n'avaient été que des jugements de valeur... Mais les petites calomnies, ou les mines entendues que provoque la simple allusion ! Il aurait pu demander : « Est-ce que vous vous rendez compte que je suis là ? » Il craignait la réponse – ou pas de réponse.

Car il était également totalement inaudible. Les conversations où il était question de lui n'étaient qu'un cas particulier, et même rare. Mais elles rendaient flagrant ce qui était commun à toutes : il en était exclu.

Pourquoi est-ce qu'on l'invitait ? Parce que c'est la famille, répondra-t-on. Oui, mais en dehors ce n'était pas différent. On a sans doute besoin de repoussoirs. Pendant que les gens étaient entre eux, il se retrouvait souvent seul dans un coin, ou même au beau milieu face à son assiette. Ce devait être bien gênant ? Pas si comme lui on était convaincu d'être absent aux autres.

Et ça ne le dérangeait pas ; finalement, il était comme au spectacle. Il avait appris à rester là écouter. Plusieurs conversations à la fois. Jusqu'à huit : avec de l'entraînement, il était devenu champion de cette faculté désignée sous le terme d'*effet cocktail party*. C'était bien plus enrichissant que de prendre part à une seule.

Or un jour, lors d'un repas familial, il advint qu'un vulgaire gargouillement s'échappa de son ventre. Et sa mère, qui ne lui avait pas encore adressé la parole, le regarda et dit en souriant : « Ah c'est ton ventre ? »

Oui, c'était son ventre. Était-il nécessaire de le faire remarquer, alors que c'était justement le premier son qu'il émettait qui n'était qu'un bruit ? Fallait-il que ce soit sans signification pour qu'il cesse un instant d'être insignifiant ?

Si la fonction crée bien l'organe, il faut peut-être voir dans cette superanecdote l'origine de ses futurs déboires. À son insu, le ventre commença à vouloir faire son intéressant.

Il gargouilla plus souvent, et plus fort, jusqu'à ce que l'homme finisse par prendre conscience du phénomène. C'était à un apéritif. Dans le cercle de conversation le plus près de lui, un cousin venait de placer Montevideo en Argentine.

Il aurait pu obtenir son attention par une petite bourrade, et lui signaler son erreur. Mais il aurait perdu les autres fils ; de plus, sachant qu'une parcelle de savoir en plus ou en moins le faisait toujours soit pédant, soit idiot, il s'abstint.

Or au même instant, un long borborygme sortit de son ventre. Le géographe amateur se tourna un peu, lâchant : « Oui, oh, ça doit être juste à côté. » Il allait répondre qu'il n'avait rien dit, mais on ne faisait déjà plus attention à lui.

« Était-ce mon ventre ? » se demanda-t-il. Focalisé sur la discrimination de phonèmes émis simultanément depuis des points distincts, il n'avait pas entré les paramètres de sa propre position. Le borborygme, il l'avait perçu, mais ses composantes spectrales avaient laissé peu de traces mémorielles. Effectivement, ça pouvait bien ressembler à : « Montevideo est en Uruguay » – c'est ce que l'autre avait dû comprendre. Mais à son avis ça y ressemblait de très loin. Car il avait déjà observé que les gens font de la paréidolie auditive : ils entendent ce qu'ils veulent. Par exemple, s'il disait « bon appétit », on lui répondait de préférence « tu n'es pas obligé de nous insulter ». Mais si quelqu'un d'autre disait « bande d'abrutis », on lui répondait « merci, toi aussi ».

« Ça c'est drôle ! se dit-il. Quand je parle, je fais un bide, et lui on l'écoute. »

D'autres manifestations suivirent, mais le premier accrochage eut lieu lors d'une soirée passée avec le cercle d'amis d'une fille qu'il fréquentait. Qu'ils aient considéré celle-ci comme une chasse gardée, cela pouvait se comprendre, et expliquer aussi qu'une fois de plus on le snobait. Mais depuis six mois qu'il les voyait, l'ambiance devenait lourde.

On était à table. À sa gauche, ça parlait politique. On se désolait que notre bon maire n'ait pas été réélu. Il pensa : « *C'est une andouille, bon débarras.* »

Il regardait son assiette vide et se disait qu'il allait attendre que repasse le plat.

À sa droite, un type racontait qu'il était débordé de travail et que sa femme irait seule à Trouville. « Pourquoi inventer ça ? se dit-il en lui-même. On sait très bien qu'il a *une brouille avec Barbara.* »

Alors, comme cela arrive, il y eut un blanc simultanément dans toutes les conversations. Et son ventre en profita pour gargouiller à panse déployée. Aussitôt, sa voisine de gauche répliqua d'un ton méprisant :

– Oui, oh toi évidemment, on sait très bien ce que tu votes !

Et son autre voisin, cinglant :

– S'il te plaît, tu te mêles de tes affaires...

Et en face de lui, quelqu'un lui tendait *le plat de nouilles à la carbonara.*

Que l'on ait compris trois choses différentes tendait à prouver qu'aucune phrase n'avait été réellement prononcée.

Lui-même n'avait rien compris du tout, mais pourtant il était effrayé de ce qu'il commençait à y avoir quelque chose d'articulatoire dans ses gargouillis.

D'autres épisodes lui prouvèrent que son ventre faisait des progrès. Finies les lallations, l'acquisition du langage était évidente même quand il croyait encore entendre des babillages. Et maintenant il était sûr de ne pas avoir rêvé quand certaines nuits, dans une phase de demi-sommeil, il l'avait surpris à s'exercer avec des gammes syllabiques.

Puis il fut le convive d'un autre gueuleton. C'est son entreprise qui invitait. Il faut préciser qu'au travail, sa vie sociale n'était pas bien meilleure. Contrairement à ses camarades de promo qui avaient couché pour décrocher leur emploi, il ne couchait qu'avec qui lui plaisait (son physique lui permettait de faire le difficile) ; il ne choisissait donc pas les boulots qui parfois venaient avec. L'actuel était loin de ses qualifications, mais le handicap professionnel était d'ordre moral. Témoin de pratiques douteuses, son peu d'enthousiasme à mettre un doigt dans l'engrenage de la complicité active devenait patent, et il était déjà catalogué « type bizarre ».

La direction avait donc réservé tout un restaurant, et réuni les cadres afin de leur communiquer les détails du prochain plan de campagne, et les éléments de langage afférents.

Au moment où il eut la parole, l'homme demanda qui paierait les pots quand ils seraient cassés.

Personne ne releva. Complètement saugrenu.

Alors, à la première occasion qu'il y eut d'en placer une :
– Bouah c'est dégueulasse, fit le ventre.
– Qu'est-ce qui est dégueulasse ? La blanquette de veau ou ce qu'on dit ?

Que l'on parlât à sa place, il n'approuvait pas question méthode, mais il était d'accord sur le fond. Ne pratiquant pas l'à-plat-ventrisme de ses collègues, il lui fut impossible de renier le message abdominal.
– Les deux. Mais surtout de fourguer des produits toxiques aux clients.

Inutile de dire qu'il fut privé de dessert, et qu'on ne tarda pas à lui signifier son licenciement.

C'est à la suite de ces événements qu'il prit rendez-vous chez une spécialiste.
– Vous avez un problème gastrique ? commença-t-elle.
– En un sens, oui.
– Euh.
– C'est-à-dire que c'est à la fois problématique et gastrique. Sans être non plus ce que vous appelez un embarras gastrique, c'est néanmoins très embarrassant. J'ai de forts gargouillements, ...
– Vous faites des diarrhées ?
– Non.
– Avez-vous des maux d'estomac ?
– Non.
– Vous buvez de la bière ?

– Très peu. Ni soda. Et ce n'est pas pire quand j'ai mangé du chou.
– Apparemment, c'est juste un problème social, alors ?
– D'autant plus social que ça ne m'arrive qu'en société. Et de préférence quand il y a des blancs dans les conversations.
– Parce que le reste du temps vous n'y prêtez pas attention, voilà tout. Votre trouble n'a rien de morbide, son étiologie semble bénigne ; quant à son symptôme, ce ne sont que des gaz qu'il suffit d'absorber. Avec du charbon de Belloc, ou un autre charbon actif, délivrés sans ordonnance.
– En réalité, j'avais surtout une question à vous poser... Est-ce que vous pensez que le cerveau est capable de remuer le tube digestif, de contrôler ainsi le déplacement des gaz qu'il renferme, jusqu'à pouvoir moduler les bruits créés par ces déplacements ?

Elle pouvait déjà répondre non, mais parce qu'il faut éviter de contrarier les fous, elle préféra se faire éclaircir un point.
– Comment entendez-vous : moduler ?
– Phonétiquement.

Dans ce métier, on en voit des vertes et des pas mûres, pensa-t-elle.
– Cher Monsieur, les ventriloques ne parlent pas avec le ventre. C'est une illusion. Un numéro de music-hall.
– Je m'attendais à ce que vous me preniez pour un abruti. Je comprends... Mais un borborygme... cela vient bien du ventre ?
– Certes oui.
– Permettez-moi de reformuler ma question. A-t-il existé un

cas clinique de borborygmes signifiants ?
– Non. Mais adressez-vous à un directeur de cirque, moi je suis médecin...
– Gastro-entérologue, roucoula le ventre de l'homme. En tout cas, c'est ce qu'elle comprit.
– Hein ???... Dehors.
– Sans payer ?
– Fichez le camp ! Et si vous diffusez cette caméra cachée, je vous fais un procès.

Il salua poliment et s'en alla chercher une pharmacie. Quand il vit clignoter une croix verte, il s'arrêta, imagina une enseigne de cabaret, se vit sur scène faire son numéro... Non, vraiment, il n'avait aucune vocation pour le spectacle, et de toute façon, il ne contrôlait pas son joli talent. À part des désagréments, il n'y avait rien à en attendre.

Il entra donc dans l'officine et acheta son médicament, puis il marcha jusqu'à une brasserie et commanda le plat du jour. Il vérifia les contre-indications et ouvrit une capsule de charbon. Bien que ce fût un produit naturel, il se méfiait de l'industrie pharmaceutique et ne prit d'abord qu'une demi-dose de poudre noire.

Il passa l'après-midi aux tâches qu'on lui confiait encore pendant son préavis, sans déplorer aucun incident. Le remède était souverain : bien que soumis exprès à plusieurs provocations, le ventre fut réduit à quia. À 18h30, il alla prendre le tramway pour rentrer. Il y avait deux gardiens de l'ordre debout au bord du quai et une grande fille à tignasse mandarine assise derrière. En passant, il dit – oralement – bien fort et très très vite :

– Salope !
– J'espère que ça s'adresse à la dame ? fit un policier.
– Mais...

Il étouffa « pas du tout » juste à temps, et n'eut pas le temps de bafouiller autre chose qu'il avait reçu un coup de matraque sur le sommet du crâne.
– Ça vous apprendra à éviter les quiproquos avec des représentants...
– Comment ça : « J'espère que ça s'adresse à la dame ? » vint demander la fille.
– Ben vous vous êtes regardée, vous ?
– Mais quel mufle !
– Elle veut tâter de mon gros bâton ?
– Hin-hin, ponctua son collègue.
– Attention à ne pas vous prendre un coup de nichon, vous !
– Mort aux vaches ! éructa l'homme en un sixième de seconde.
– Allez hop tout le monde au poste ! firent les bleus, saisissant chacun un col de sa main libre.

Le prévenu gardait une main sur sa bouche fermée, et l'autre par-dessus pour l'empêcher de laisser sa bouche s'ouvrir, sauf quand il lui fallait masser le point du récent impact. Pour prévenir le très imminent suivant, la fille, qui avait observé le débit accéléré des injures, vint à son secours.
– Messieurs, Messieurs, Monsieur ne voulait offenser personne, et il paraît souffrir de coprolalie.
– N'exagérez pas. Il n'a qu'une légère contusion.

Elle tâcha de démontrer en termes médicaux l'absence

d'intention et de préméditation, et ils consentirent à ne plus frapper, du moment qu'on allait gentiment au poste.

Arrivés là, on procéda à leur exploration. On trouva les capsules de charbon, dont il avait jeté la boîte pour ne pas s'encombrer.
– Tiens tiens tiens keskseksa.

En ces temps de psychose bactériologique, il garda ses mains sur sa bouche plutôt que de risquer de s'entendre dire : « De l'anthrax ».
– On va envoyer ça au labo.

Ce fut le tour de la fille.
– Tiens tiens tiens keskseksa.
– Ça s'appelle des pilules contraceptives.

Pendant qu'un autre les conduisait à une cellule, l'agent continuait d'examiner en détail la plaquette de pilules. Quand le couple se retrouva seul, l'homme ôta ses mains de sa bouche.
– Je vous demande de m'excuser d'avoir causé votre incarcération. Et je vous remercie vivement de votre intercession.
– Oh ce n'est rien, allez. Vous avez ça depuis longtemps ?
– Depuis que je vous ai rencontrée. Mais je crois que c'est à cause de mon ventre.

Et il lui raconta son histoire.
– ... et ce qui parle par moi – le diable ou mon inconscient – c'est comme s'il venait de me faire savoir que « mon gars, si

tu veux la jouer Belloc, je vais te la jouer Gilles de la Tourette. » Je vais arrêter le traitement. Je préfère qu'il dise ce que je pense plutôt qu'il pète les plombs.
– Most interesting... Alors vous êtes ce qu'on appelle un ventriloque.
– Pas du tout : je suis le seul vrai ventriloque. Et le seul qu'on prend pour un imposteur. Vous n'êtes pas obligée de me croire non plus.
– Bien sûr que si que je vous crois. De toute façon, vous êtes si différent.
– Au moins dans votre bouche c'est moins péjoratif.
– Ben, c'est quand même rare les types qui ne m'ont pas reluqué les fesses au bout d'une heure.
– Oh je les connais, vos fesses.
– Quoi ? Vous saviez donc que je suis modèle aux Beaux-Arts !
– Ah ça non. Non, il m'a suffi de vous regarder dans les yeux. J'ai l'impression de tout connaître de vous en me plongeant dans vos yeux.
– Pffiou... Mais vous êtes aussi un prodige de perspicacité...!

Après s'être raconté un tas de choses sur d'autres grandes rencontres de l'histoire, entre Anne de Kiev et Henri Ier, George et Frédéric, un poussin et un robot, ou même entre Schumacher et Battiston, leur situation n'avait guère évolué et ils avaient sommeil. Il dit :
– Apparemment on dort ici.
– C'est pas trop moelleux le ciment. Surtout ça sent la pisse.

Il se coucha sur le sol de la cellule et lui montra son ventre.

– Oreiller ?
– Merci, c'est très gentil.

Ils se souhaitèrent bonne nuit. Quand il se réveilla, il lui dit bonjour.
– Décidément, vous, vous savez parler aux femmes.
– Euh... Ça a recommencé ?
– Il n'a pas arrêté. Je n'ai pas fermé l'œil. On ne m'a jamais parlé comme ça. Vous devez être drôlement amoureux de moi.
– Mmh... j'espère que ça deviendra réciproque, parce que moi les chagrins d'amour je n'ai pas l'habitude.
– Votre ventre est un peu plus romantique.
– Il faut bien que je fasse contrepoids à ses insolences.
– Bon d'accord ça va peut-être un petit peu trop vite entre nous.
– Nous deux ou vous deux ?
– Oh vous ne faites qu'un. C'est le fond de votre cœur qui n'en peut plus de l'hypocrisie du monde.
– Mais qu'est-ce qu'il est allé vous raconter ?
– Oserais-je le répéter ! Mais si vous me connaissez par les yeux, je vous connais maintenant par le ventre. Et l'essentiel de ce que j'ai retenu – que je n'oublierai jamais – résidait dans l'atticisme de l'expression.
– Ah oui c'est tout moi, ça.
– Il a aussi un certain accent qui ne manque pas de charme. Les consonnes ne sont pas toutes bien prononcées. Les liquides et les spirantes sont délicieuses, les fricatives moins nettes. Quant aux occlusives, il a du mal avec les orales non voisées.
– Pardon ?
– Non voisées : pe, te, et ke.

— Il n'a pas l'usage de tout le tube digestif, je contrôle les deux extrémités. Mon papa est pompier à la Porte de Picprout.
— Oh ! écoutez... Vous avez compris, là ? Moi pas.
— Là, c'est l'estomac qui parle. Ou peut-être le vôtre. On a faim.

Vers midi, ils entendirent dans l'autre pièce : « Faites dégager le taré et la pute. »
— J'espère qu'il parle de nous, dit-elle.

La porte s'ouvrit, un uniforme entra avec le trousseau de clefs.
— Honzéhonzzzvv, fit le ventre.
— Sais pas, j'm'en fous. Vous sortez. On n'a rien à vous donner à déjeuner.
— Ben donnez-nous notre dîner alors.
— Fallait dîner avant de vous faire ramasser.

— Hit the road, Jack, dit la fille dans la rue, avant qu'il ne sorte sa calculette.

Ils se précipitèrent aux bains publics, qui étaient au bout de l'avenue juste après la boulangerie, et commencèrent à se laver la bouche pleine.
En sortant, propres mais encore affamés, ils subodorèrent une pizzeria. Guidés par les émanations, ils découvrirent un caveau d'où montaient les syncopes d'un quintet.
On les avait à peine servis qu'elle en eut marre.
— Le jazz, c'est né dans la sueur, les larmes, le sang, le foutre. Là, ce que j'entends c'est des bourges qui jouent à qui mettra le moins de notes sur les temps. Allons manger dehors.

Ils finirent leur pizza dans la rue et elle s'essuya les mains à un caniche. Des vieux qui marchaient devant eux entrèrent dans la salle Glavieau. D'après l'affiche, un premier prix allait se produire en matinée d'ici dix minutes. Au même moment, les colonnes de mercure du quartier dégringolèrent ; ils achetèrent deux places.

Au début du récital, le jeu du pianiste les laissa perplexes. Après une rhapsodie hongroise qui fut plus prétentieuse qu'orgueilleuse, il n'y avait pas encore de quoi le lapider. L'œuvre qui suivit parut familière à l'homme, mais l'artiste s'employait à la rendre méconnaissable selon une méthode dont les ressorts esthétiques lui échappaient, raison pour laquelle il préféra suspendre son jugement.

Ce fut ensuite une courte pièce, plus calme : il reconnut *Une larme* de Moussorgski. Là, l'émotion qu'elle lui procura ne fut que la joie sarcastique que peut ressentir l'esprit devant la bêtise ; une performance dans le genre. Il aurait presque applaudi. Mais au fond de lui bouillait une ironie d'une autre amertume. Dans la résonance finale, le ventre émit un sombre, long, et douloureux gémissement, comme jamais peut-être on n'en entendit dans un chenil. Le pianiste en perdit la pédale, les têtes se tournèrent, on faillit se lever, mais les premiers applaudissements arrivèrent de l'autre bout de la salle, entraînant les autres, et la vague fit disparaître la souillure. Quelques bravos suffirent même à faire oublier l'incident au musicien.

– Hum, dit la fille, je ne sais pas si c'était une bonne idée d'entrer.

– Vous avez le programme ? Merci... Ah, oui, c'est Rachmaninov dont il a fait de la charpie tout à l'heure. Et les gens apprécient...
– Vous préféreriez qu'on donne des perles aux cochons ?
– Bon eh bien, vu la suite, je crains le pire.

Comme elle avait laissé sa main en lui donnant le programme, il la tourna pour consulter sa montre à la deuxième mesure de la pièce suivante. « Il tente le record du monde de l'Impromptu en sol bémol », se dit-il. Ce fut une torture jusqu'au point d'orgue de la mesure 54. Après une telle cavalcade (2'52" au dernier temps de passage), cet arrêt béant dénotait la plus grossière recherche d'effet. S'il est vrai que la musique est entre les notes, toute la cuistrerie du pianiste était contenue dans ce cloaque de trois secondes.

« Adagio !!! » cria le ventre juste avant la reprise.

– Ah non là... c'est plus possible ! explosa le concertiste. Qui a dit ça ?

Des « c'est lui ! » cernèrent l'homme au ventre.
– Eh bien quoi !? glapit le permanenté en queue de morue. La partition indique : andante !

Puisque le mal était fait, et puisqu'on le prenait à partie, le trublion prit le scandale à bras-le-corps.
– Andante c'est encore loin de votre allegro disco ! cria-t-il.
– Je suis un interprète ! vociféra l'autre. Avec sa sensibilité ! Je joue comme je le ressens !

– Ressentir ? Parlons-en ! Ce que vous me faites ressentir, à moi, ce n'est pas le compositeur qui sent venir la mort, c'est le cheval de course qui sent l'avoine ! Espèce de sagouin ! Bastringue !

La suite se perdit dans un brouhaha d'hostilité générale et unanime à l'égard de l'énergumène. L'époque où le public pouvait exprimer son dégoût (et trouver des tomates qui ne rebondissent pas comme des balles) était révolue depuis presque autant de lustres que comptait la salle et qui se rallumèrent pour permettre au service d'ordre de faire sa besogne.
– Désolé de gâcher ce moment privilégié ! dit l'homme à ceux qui le dévisageaient durant son éviction. Il était suivi de la fille aux cheveux mandarine qui pleurait de rire.

Elle fut assez bonne pour l'accompagner aussi dans le panier à salade, lequel livra la marchandise au commissariat le plus proche. Comme c'était celui dont ils sortaient, cela écourta les présentations.

Ils y passèrent deux nuits de plus. L'homme avait aggravé son cas. Si on avait presque passé l'éponge sur l'antécédent, on la repressa. Et son dernier esclandre remonta jusqu'au ministre de la culture qui gazouilla (de l'anglais tweet) sur les réseaux : « Je ne laisserai pas notre pays revivre *Hernani* et les sombres années trente. »

On le mit en liberté conditionnelle. Ils allèrent chez elle. Le lendemain ils allèrent chez lui. Dans sa boîte à lettres, il trouva une invitation pour le mariage de sa cousine. Il s'empressa d'accepter. Les invitations se faisaient rares.

C'était aussi l'occasion de présenter la fille à sa famille. Car ils étaient maintenant en ménage, même si celui-ci avait eu jusque là l'hôtel de police pour décor principal.

De plusieurs semaines, ils ne se quittèrent pour ainsi dire pas. Comme le ventre n'était plus sollicité que pour des mots doux nocturnes, l'homme l'oublia tout simplement. Jusqu'au jour de la cérémonie.

L'église, car c'était un mariage à l'église, se trouvait dans un cadre champêtre exempt de pylônes électriques. Aucun détail n'avait été négligé par la société spécialisée en « événementiel nuptial ». Jusqu'aux petits mendiants tapis derrière les contreforts du portail, qui procéderaient tout à l'heure au lâcher de papillons vivants.

Les caciques se reconnaissaient à leurs hauts-de-forme gris acier. Pour ces dames, la mode était aux larges chapeaux. « Il ne leur manque que le poncho », susurra la fille, qui s'était dégoté un foulard Hermès, noué en bonne catholique pour obvier au préjugé capillaire.

La famille du marié était également catholique, mais suivant le schisme intégriste. D'après leur rite, l'échange des consentements précéda la messe. Entre les deux, des proches s'avancèrent à tour de rôle pour formuler des vœux aux époux. Le père de la mariée les conclut par ces mots adressés à son nouveau gendre : « Je te laisse les clés ». Et il lui remit des clés de voiture.

Ce fut l'unique moment de la liturgie où s'élevèrent des rires. La fille se laissa tomber sur l'agenouilloir pour cacher les larmes des siens dans ses mains jointes en prière (« mon Dieu... aidez-moi à me retenir »).

Le prêtre célébra alors la messe. En latin comme il se doit, mais il le parlait comme une vache dalmate et ça démangeait l'homme, qui était le seul latinophone, de le reprendre dans ses pataquès. Il savait qu'il allait droit à une nouvelle catastrophe, mais sourd à la petite voix qui lui enjoignait l'esquive, il restait là. Comme le Nazaréen au mont des Oliviers et tant d'autres, il ne se dérobait pas aux cruels événements qu'il avait encore la possibilité d'éviter.
Vint la consécration. « Va t'en ! » lui répéta la voix.
Et l'élévation. Le pain d'abord, puis le vin...

« Alaouagbââ », iodla le ventre.

Tout le monde comprit alaouagbââ. Mais quant à savoir ce qu'ils entendaient par là, c'est une autre paire de manches. Ce qui est sûr, c'est que ce n'était pas du latin, et ce qui est certain, c'est que c'était la dernière chose à dire en la circonstance. En réalité, l'incongruité résidait moins dans la circonstance que dans une conjoncture socio-géo-politico-religieuse bien peu propice à cet élan œcuménique. Il faut toujours consulter la conjoncture, tel le marin pêcheur la météo marine.
Le prêtre lâcha le calice, qui fit un joli bruit en roulant sur les dalles, et un « merdum » moins bien venu.
Qualifier un désordre d'indescriptible est certainement un poncif, mais la force évocatrice de l'épithète excite habituellement suffisamment une imagination saine pour que celle-ci se fasse elle-même une description complète dudit désordre. Citons tout de même, pêle-mêle dans la débandade : hystérie, sanglots, prostration avec

tremblements et incontinence ; hébétude mystique ou chapelets de tics religieux chez les rares qui avaient la foi, et même un cas de chorée, inventé par les convulsionnaires de Saint-Médard et remis brièvement à la mode à Saint-Tropez il y a un demi-siècle sous l'appellation pseudo-novatrice jerk.

Mais une petite coalition, non sujette à la sidération, se mit en croisade, et le couple se carapata par la porte du bas-côté sud. Apercevant un bois d'une proximité convenable, ils y coururent ventre à terre alors que des sirènes hurlaient déjà du côté de la route nationale, accompagnées du rotor d'un hélico. Quand ils furent à couvert, ils se crurent sauvés par l'épaisseur des halliers. Mais le bois faisait cinq hectares et dix-sept ares au cadastre, et il était isolé de la forêt domaniale par un essartage récent. Ils étaient faits.

Alors ils réglèrent une dernière affaire, et au bout d'une heure elle ramassa son foulard, l'attacha au bout d'une branche, et ils se rendirent.

Plus tard, ils passèrent en jugement. Pour lui, les chefs d'accusation étaient nombreux : conspiration économique, outrage, activisme contre-culturel, complot terroriste (le labo avait égaré le charbon et lui le ticket de caisse de la pharmacie) et passage à l'action, à quoi sa mère vint ajouter qu'il avait brisé son pauvre cœur.

Quand la présidente, fraîche émoulue (drôle d'oxymore) de l'école de magistrature, prétendit vouloir établir la vérité des faits, l'homme, voyant que tout chez elle était faux : ongles, cheveux, cils, nez, teint, et – il l'aurait parié – seins, sentit poindre en lui une ombre d'indignation.

« Garrgouilliiiiiii... »
commença à chanter le ventre à tue-tête.

On reconnaissait bien l'air, en plus des paroles. La salle bourdonna de réprobation. La fille, toujours discrète, plaqua ses mains sur sa bouche pour ne pas éclater.
Seule la juge ne savait pas la chanson.
– Non mais allô, fit-elle, estomaquée, on n'est pas à la Star Academy.

Un assesseur lui dit à l'oreille de consulter l'Index. Elle attrapa sa tablette à commande biométrique et accéda au registre des œuvres de l'esprit mauvais. Son iris sélectionna la lettre G, puis le titre. Elle fut bientôt saisie d'horreur en lisant les couplets, et après chaque, trois mots : « Gare au gorille ».

Elle considéra l'être abject qui venait de les lui chanter. Le souffle court, et d'un ton peu sentencieux, elle délivra la sentence :
– Ben là désolée c'est la peine de mort.
– C'était pas z'aboli ?
– On l'a rétabolie. Il y a eu trop d'abus. Mais ça va ça vient ; si vous avez les moyens, on peut vous cryogéniser jusqu'à la prochaine abolition, et à ce moment-là on commuera en perpète.
– C'est que je suis un peu ruiné.
– Alors c'est douze balles dans le ventre. Pardon, onze, mais vous en payez douze.

À ces mots le ventre se mit véritablement en colère. De formidables grondements, de diverses bêtes fauves, firent trembler la salle d'audience – et l'homme, donc ! Craignant pour sa propre intégrité, celui-ci ouvrit ses soupapes de sûreté. Les gaz évacués par le haut réagirent spontanément au contact de l'air, produisant un feu follet rouge et bleu tout à fait fantasmagorique, tandis que de l'autre côté se déclencha un feu roulant de *pets flammes*. En fureur, le ventre passa aux rugissements (car avec moins de gaz, il lui fallait resserrer les écoulements, ce qui favorisait les aigus).

Personne ne voulut jouer les saint Michel ; les gens restèrent paralysés d'effroi devant l'animal fabuleux, jusqu'à ce qu'une odeur d'œuf pourri et de fumier leur rappelât les motifs de l'exode rural. Ce dernier météore suffit à vider le tribunal.

Il était temps, car le combustible s'épuisait. Le couple en profita pour prendre la tangente, avec correspondance pour le grand large.

On ne les revit jamais. Et ce n'était pas la peine de les chercher.

Et le ventre ? L'homme coulant des jours heureux, il retourna à sa fonction digestive. Au petit dam de la fille aux cheveux mandarine qui coulait les mêmes.

Anguta

Le tournoi d'échecs de Hastings avait débuté, comme chaque année, après Noël. Dix des meilleurs joueurs mondiaux avaient répondu à l'invitation du comité, et s'étaient installés pour trois semaines dans le grand hôtel où se déroulait la manifestation. La veille du jour de l'An, ils disputaient la troisième ronde, devant un public assez fourni pour remplir la salle de bal.

Certains joueurs, tels des pianistes, apportent leur siège. On déduit en les voyant, soit que l'inconfort combat l'assoupissement, soit que le cortex, qui est venu à l'homme en se redressant, fonctionne mieux quand il doit se tenir droit. Quant aux spectateurs, si on avait soigné la qualité de leurs fauteuils, c'était pour le confort des joueurs, car un public mal assis fait un remue-ménage permanent. On pouvait d'ailleurs se demander ce qui le retenait là des heures à essayer de comprendre les parties, alors qu'elles étaient analysées en direct sur le web. Faute d'autre hypothèse, il y a celle fournie par certains aficionados, prétendant venir capter un peu du fluide médiumnique qui émanerait des compétiteurs en extrême concentration.

Le profane venu par curiosité ne voyait qu'un cadre douillet où des gens affables déplaçaient de temps à autre des morceaux de bois, très placidement, sur un ouvrage de marqueterie. L'amateur même n'est pas toujours conscient de la sourde violence dont vibre un échiquier, mais pour peu qu'un des protagonistes ait un peu trop touché à un ressort de la position, son adversaire en libère soudain l'énergie latente en quelques coups éblouissants.

L'orage magnétique perdit de son intensité après cinq heures de jeu, lorsque Hui Yun, tenante du titre mondial depuis deux mois, serra la main que lui tendit son adversaire en signe d'abandon. Tous deux descendirent discrètement de l'estrade et passèrent dans un salon où ils remplirent leurs obligations médiatiques. Puis la championne monta dans sa chambre. Peter, son nouvel agent et entraîneur, l'y attendait, analysant la partie tout en suivant sur un autre écran celles qui se jouaient encore.

– Du grand art, Yun. Yasser et Nana sont dans une finale de tours : nulle probable.

– Tu as bien fait de ne pas venir au point presse. Quelqu'un m'a fait remarquer qu'un ordinateur jugeait mon vingt-sixième coup douteux... Je vais faire couler mon bain.

– Qu'as-tu répondu ?

– Hein ?... Rien ! Je ne crois pas qu'il y avait une question dans son ton condescendant. J'ai beau gagner, on me prodigue les conseils de l'IA.

Elle referma la porte de la salle de bains, la laissant s'emplir de vapeur d'eau.

– Il m'est arrivé d'en battre, quand même.

– J'ai suivi tes deux matches. On t'a comparée à Fischer après que tu eus presque massacré le second.

– On a dit que j'avais déjoué sa préparation en changeant de style. En réalité, je n'ai fait qu'adopter la motivation de ce

fou d'Américain : je venais devant l'échiquier pour mettre l'ego de mon adversaire au supplice.
– Son ego ?
– Celui des programmeurs ; si tu avais vu leurs têtes !
– Celle des comptables de la firme devait être pire.
– Je suis une belle arnaqueuse ! Ils n'auraient pas mis deux millions sur la table si, lors du premier match contre leur concurrent, je n'avais pas laissé croire à un coup de chance.
– *Je ne bats que des adversaires malchanceux.* Qui disait ça ?
– Tal... ou Lasker ?... J'étais plus jeune, et impressionnable ; avec un jeu attentiste, j'ai annulé cinq positions inférieures, et dans la sixième, personne n'a voulu croire que j'aie pu prévoir la pointe gagnante d'une combinaison de quinze coups. Une combinaison à un demi-million.
– Ce qui t'a fait deux millions et demi pour les deux semaines. Finalement, leur argent sert à nouveau à parrainer Hastings.
– C'est le moins que je puisse faire. Il n'y a pas de raison que j'en profite seule parce que je suis celle qu'ils veulent vaincre. *Gens una sumus* est toujours la devise de la fédération. Championne a retrouvé son vrai sens : je combats pour mon camp.
– Mais le camp industriel considère l'intelligence comme son domaine. La vie est dure pour les petits producteurs.
– Les échecs sont en première ligne. Les pionniers de l'intelligence artificielle avaient remarqué qu'un imbécile qui savait y jouer passait pour intelligent. Leur terrain d'expérimentation était tout trouvé. Et après leurs premiers succès, c'est devenu leur vitrine commerciale.
– Ça a popularisé le jeu.
– Les meilleurs joueurs étaient des stars à l'époque... mais

les taureaux de corrida aussi ! Et le jour où la machine défit le champion du monde, la mise à mort parut définitive.
– Nous reprenons du poil de la bête. Enfin, vous êtes trois ou quatre.
– Malheureusement, l'opinion a déjà entériné le fait que penser fatigue inutilement la tête. *L'erreur est humaine,* tel est leur slogan... Qu'est-ce qui a rendu les costauds ringards ? les monte-charge. Ensuite est venu le tour des intellectuels. Voilà pourquoi on nous manque de respect. En quelques décennies, l'humain est passé du rang d'animal supérieur à celui de machine inférieure... Je ne suis ni l'une ni l'autre.

Le front collé à une vitre, les mains en œillères, elle scrutait la nuit. Sur la Manche, le fanal d'un navire jouait à cache-cache dans les nappes de brouillard. Elle croyait entendre au loin un nocturne : la main gauche animée par la houle, et entre les doigts de l'autre dansait un feu follet.
– Ils n'ont même pas la notion de cette chose qui leur résiste : l'esprit.
– Est-ce qu'ils resteront sur ces défaites ? demanda Peter.
– C'est eux qui ont de l'argent à perdre. Leur suprématie est déjà établie dans chaque compartiment de notre existence, ce n'est plus qu'une question d'honneur.
– À moins qu'ils ne concentrent leurs efforts sur leurs nouveaux champions...
– Ne va pas me gâcher la soirée avec les cyborgs... Il y a deux siècles et demi, on a commencé à exhiber une prétendue machine où un joueur humain était caché. Aujourd'hui, c'est l'inverse, on a de prétendus humains qui dissimulent des semi-conducteurs. Les pauvres... Mon bain doit être coulé.

– Ils ont terminé, dit Peter quand elle en sortit une demi-heure plus tard. Tu es seule en tête à la première journée de repos... Au fait, tu ne m'as pas dit pourquoi Olessia s'en est allée après ton titre.
– Je ne t'ai pas engagé au pied levé. Ses gains avaient réveillé de vieux projets. C'est par amitié qu'elle est restée jusqu'au championnat du monde. Je la comprends, il y a autre chose dans la vie... À ce propos, je n'ai pas encore consulté le programme des réjouissances de demain.

Elle prit une brochure qu'elle feuilleta. Peter s'apprêtait à la laisser quand on frappa. Il ouvrit à un homme qui demanda à être annoncé comme l'ambassadeur chinois à Londres. Cette visite inopinée parut si peu protocolaire à la championne qu'elle le reçut en peignoir. Le motif était peut-être important, il était d'abord urgent, car l'homme l'invita à l'accompagner, le temps pour elle de sécher ses cheveux et de s'habiller.

Elle mit avec regret la tenue qu'elle avait prévue pour le concert du soir, sentant déjà qu'elle le manquerait. Peu après, une New Bugatti diplomatique prenait la route côtière, et vingt minutes plus tard, deux factionnaires la laissaient pénétrer dans la redoute d'Eastbourne.

La joueuse n'avait encore reçu ni demandé aucune explication. À l'entrée d'un hall les attendaient deux civils, que semblait connaître M. Zheng :
– Je vous présente le Dr Delany, médecin de la Couronne, et M. Koskela, qui va vous prendre en charge. Je crois qu'il a été décidé de faire appel à vous pour jouer une autre partie.

– Tiens !? Et contre qui ?
– M. Koskela vous donnera tous les éclaircissements. Le docteur et moi-même ne sommes pas censés les entendre. Je n'ai plus d'ailleurs qu'à vous laisser. Au revoir, Mme Hui. Messieurs, au plaisir...

Hui Yun suivit l'inconnu dans ce qui lui sembla être une salle d'état-major, datant peut-être de deux siècles, de l'époque en tout cas où l'on faisait la guerre. Elle pensa que les militaires avaient abandonné les attitudes martiales pour se consacrer à leur cœur de métier : le secret militaire. Mais elle n'imaginait pas être concernée, et sa présence en cet endroit lui semblait fortuite. Elle s'approcha d'une cheminée où brûlaient de longues bûches.
– C'est gentil, ici.
– En journée cette section est ouverte à la nostalgie du public. Il paraît que les Monuments historiques ont fait enlever le chauffage central.
– Je ne connaissais pas ce fort. Il y a deux ans, j'étais venue voir le *Long Man*, pas très loin, après sa restauration.
– Ce n'est pas ce géant qui tient deux bâtons que j'ai aperçu avant d'atterrir, gravé sur une colline de craie ?
– Si. Il fait forte impression : il y a quelques jours, il m'est réapparu en rêve, venant à ma rencontre depuis le haut de la colline.
– Et ensuite ?
– Ce n'est pas que cette conversation m'ennuie, mais c'est toutes affaires cessantes que M. Zheng m'a amenée ici ; et je viens d'entendre qu'on prétendait choisir mes adversaires. S'il me l'avait dit, je ne serais pas venue. De qui s'agit-il ?

- Nous ne le savons pas encore.
- Oh... Et quel serait l'enjeu ?
- L'enjeu...?
- Ce n'est pas juste pour tuer le temps. Si c'est le président d'un État ou du Fonds monétaire qui veut se donner l'air intelligent, je ne me prête jamais à ces mises en scène.
- Vous n'y êtes pas. Et l'enjeu, disons que... ce pourrait être l'honneur du genre humain.
- Genre humain ? *My foot* !
- Ah oui, c'est vrai. Mais nous parlerons de cela plus tard.
- Et d'abord, à quelle organisation appartenez-vous donc, Monsieur-qui-faites-venir-l'ambassadeur-de-Chine ?
- Au gouvernement mondial.
- Oh... Ainsi il existe toujours.
- Pas tel qu'il fut présenté à l'époque. Mais il reste des ministères et j'en suis un ministre.
- Quel maroquin ?
- Les relations extérieures.
- Ah oui ! s'esclaffa-t-elle brièvement. Évidemment... Et vous en avez développé quelques-unes ?
- Depuis que la radioastronomie existe, des messages extraterrestres sont captés de temps à autre. Jusqu'ici, aucun n'a laissé penser qu'il nous était destiné. Et aucun n'a offert de prise à un quelconque décryptage. Jusqu'à ce qu'arrive le message binaire que voici (*prenant de quoi écrire*). À peine trois octets. Il y a d'abord huit "1", puis "11110111", suivis de cinq "0".
- Il y a quelque chose à comprendre dans si peu ?
- Nous avions un bon indice. Cela venait d'une direction vers laquelle nous avions émis la veille, le jour de Noël...

– Avez-vous émis « Joyeux Noël » ?
– Vous trouvez cela puéril... Nous avions donc émis vers la constellation de la Baleine...
– C'est assez proche pour avoir une réponse le lendemain ?
– Oh bien sûr que non ! Elle venait simplement de cette direction. Nous avons donc cherché à quoi cela pouvait être une réponse.
– Qu'avez-vous envoyé d'autre ?
– Les choses habituelles. Notre position dans la galaxie, le schéma de l'ADN, des photos de nos paysages, des échantillons du génie humain, les règles de différents jeux...
– La photo de votre chien.
– Comment le... ?
– Une idée comme ça.
– *Well*... Ne trouvant rien, nous avons contrôlé le relevé de l'émission, et il est apparu qu'un membre de l'équipe avait ajouté à la description du jeu d'échecs le premier coup d'une partie.
– Esprit d'initiative ! Heureusement qu'il n'a pas insulté la maman d'E.T.
– Il aura un blâme, suivi d'une promotion sans doute.
– Et c'est là que votre message a pris sens.
– Oui. L'octet décrirait une rangée de l'échiquier, le 1 une case occupée, le 0 une case inoccupée. Ils ont donc joué le cinquième pion, et comme la case devant est inoccupée aussi, c'est qu'ils l'ont avancé de deux pas. C'est le coup symétrique au nôtre, mais codé plus simplement.
– D'accord. Et moi je suis supposée poursuivre.
– C'est-à-dire que nous avons déjà joué le deuxième coup avant de penser à vous.

– Lequel ?
– Le cavalier du roi devant le fou. Il paraît que c'est tout à fait standard.
– Oui... Très bien.
– Si l'hypothèse est fausse, nous vous aurons dérangée pour rien et gâché votre tournoi. Je crains surtout que l'échange s'interrompe, car nous avons mis cinq jours à réagir. Mais si on nous répond aussi vite que la première fois, nous pouvons espérer découvrir leur coup à notre arrivée.
– Arrivée...? Où ?
– À Puerto Rico.
– Puerto Rico ! Ne puis-je pas jouer depuis l'Europe ?
– Cela étant confidentiel, dit l'homme en jetant son papier dans l'âtre, nous préférons vous avoir à proximité du radiotélescope.
– Les messages dont vous m'avez parlé n'ont pourtant jamais été confidentiels.
– Non, c'est vrai. Ça a toujours fait rêver les gens. Ils savent que ce n'est plus de la science-fiction – ça ne se vend plus d'ailleurs – mais vous savez, c'est comme les histoires de monstres pour les enfants, tout se passe bien tant que les monstres ne sont pas là qui frappent à la porte. Même dans les instances dirigeantes, certains ont une fragilité psychologique de ce côté-là. La première blessure narcissique va se rouvrir. Pris par nos petites affaires, nous faisons tous les jours comme si Copernic était un aimable plaisantin ; mais si demain les gens allument la radio et tombent sur PetitsHommesVerts-FM, il y aura, comment dire...
– Une crise d'autorité ?
– Des désordres.

– Soit, j'accepte. Mon contrat aura les clauses habituelles. Reste à en fixer le montant.
– Nous triplons vos honoraires journaliers, tous frais payés. Plus le manque à gagner du premier prix à Hastings.
– Je quitte le tournoi comme ça...?!
– Le Dr Delany va délivrer un certificat médical vous permettant de l'abandonner.
– Cette absence va aussi chambouler ma vie privée. Je n'ai qu'une autre condition : qu'un ami puisse me rejoindre d'ici deux semaines. Aucune raison supérieure ne pourrait atténuer la cruauté d'une séparation plus longue.
– Eh bien soit.
– Encore une chose : je suppose que vous êtes en décalage horaire, et que vous n'avez pas faim...
– Ciel ! Il est 21h30 et on ne vous a pas donné à manger !

Après un passage aux cuisines, Hui Yun fut conduite à l'hôpital de Brighton où elle fut dûment admise afin de donner le change. La presse s'y présenta le lendemain pour apprendre son transfert vers une clinique dont elle n'obtint pas le nom. Sortie avant l'aube, la joueuse s'était rendue à un aérodrome militaire, d'où elle avait quitté l'Angleterre. Peter restait pour diffuser des communiqués rassurants. Ils étaient bidon, c'est à peu près tout ce qu'il en savait.

Seuls passagers de l'aéronef, Hui et Koskela voyagèrent séparément. Lui faisant son courrier de ministre, elle gymnastique, lecture, ainsi que... apparemment rien, signe qui ne trompe pas d'un esprit contemplatif. Elle se préparait comme pour une autre partie. Que son opposant s'appelle

M. Alien ne l'avait pas bouleversée. L'univers n'avait que soixante-quatre cases. Il était plein d'inconnu. C'est là qu'il fallait l'amener pour l'impressionner.
Au milieu de l'Atlantique, Koskela vint la voir.
– Je vous dérange ?
– Pas du tout. Je commençais à songer à ma ligne de jeu s'il choisit la défense russe. Et sinon, si je joue l'espagnole ou pas.
– Je ne veux pas vous laisser de nouveau à jeun. Souhaitez-vous manger ?
– Oui. S'il vous plaît.
– Prendrons-nous le repas ensemble ?
– Volontiers.

Quand le personnel de bord eut servi, il s'installa vis-à-vis du siège voisin de sa convive. Après les vœux mutuels de bon appétit et une première bouchée d'œuf mimosa, il attaqua pour ainsi dire la conversation.
– Qu'est-ce que cela fait d'être une des personnalités les plus détestées ?
– Ouh ! vous êtes direct !... Pourquoi ne pas dire plutôt : les plus vilipendées ? Le lobby cyber contrôle les médias, on n'entend donc pas les gens qui m'approuvent. Mais cela n'entame pas mes principes. Mes collègues aussi sont mobilisés, et nous préférons être condamnés pour discrimination que céder. Non, nous ne voulons pas jouer contre des transhumains. Aucun n'a d'ailleurs le niveau pour participer aux grands tournois.
– La science se veut humaniste, les sujets sélectionnés sont des gens qui n'avaient pas la chance d'être aussi intelligents que vous.

– Il y a la maison intelligente, la voiture intelligente, la ville intelligente, et même l'homme intelligent. Tout ce qui est bourré d'algorithmes serait intelligent. Penser, c'est autre chose.
– Ils feront des progrès.
– Bien sûr. On n'arrête pas le progrès.
– Alors n'est-ce pas un combat d'arrière-garde ?
– Appelez-nous l'arrière-garde si vous voulez... La machine a toujours hanté l'imaginaire humain ; qu'elle s'y substitue, non merci. Je préférerai toujours pourrir que rouiller.
– Le comité olympique les a bien acceptés...
– Ce sera sans nous. D'ailleurs il n'y a plus d'épreuves disputées par des 100% non-bioniques. On aurait pu conserver pour eux ces jeux paralympiques, qui ont été supprimés faute de « personnes à mobilité réduite ».
– Vous déploreriez leur réparation ?
– Ce que vous déplorez, vous, c'est la fonctionnalité réduite. Je ne suis pas non plus friande des jeux exolympiques... Je sais qu'on me reprochera d'avoir pitié d'une moelle épinière dans un exo-squelette. À quoi bon répéter nos arguments... Un homme comme vous n'est peut-être déjà plus mortel, ce que j'ai à en dire pourrait passer pour un appel au meurtre. Changeons de sujet, voulez-vous ?
– Je me demandais comment on devenait joueuse d'échecs...?
– C'est la seule activité que j'aie trouvée où je *pouvais* avoir raison.
– Car vous y étiez particulièrement douée.
– Je ne sais pas ! J'étais douée aussi pour le tambour. Or mes idées sur l'art de frapper une peau pouvaient heurter l'esthétique dominante : jouer sur le temps, exactement, sans

en oublier. Mais à ce jeu-ci, je pouvais donner mon avis sans qu'on me réponde qu'il en valait un autre, ou que ce n'était pas le problème. Échec et mat est un argument définitif... Et votre mystérieux ami, pourquoi joue-t-il, dites-moi, alors qu'il a superbement ignoré le reste de votre message ?
– J'avoue qu'après ma joie initiale, une certaine déception m'a gagné à ce sujet. Vous auriez une idée sur la question...?
– Pourquoi pas ? Eh bien... Imaginons... Je me promène dans la galaxie, ou dans un parc, un inconnu m'aborde pour me montrer ses photos de vacances, ou celles de sa famille. Ça ne va pas forcément m'intéresser. Mais s'il avance un pion sur un plateau de jeu, voilà que j'ai *mon mot à dire* ; ça devient notre histoire à tous les deux.

Incapable de la prendre au sérieux, Koskela ne put s'empêcher de rire.
– J'ai d'autres idées, vous savez, sourit-elle, mais je préfère les garder pour vous faire rire une autre fois.

À l'aéroport d'Arecibo, M. Victor Soto, directeur de l'observatoire, les accueillit avec un sourire qui rendait inutile la question.
– Heureuse année, M. Koskela, et à vous aussi Mme Hui, même si c'est un peu en avance pour vous... Nous l'avons reçu ! Rien que 12 bits... Nous ne sommes pas encore certains du sens. À notre arrivée j'espère.

La faculté de distribuer son attention sur des objets sans lien, produit, chez l'artiste ou le scientifique, ce qu'on appelle

l'imagination créatrice. Un joueur d'échecs est à la fois l'un et l'autre. Hui Yun suivait la conversation des deux hommes, tout en paraissant captivée par l'animation d'un port des Antilles en ce jour de fête, et en même temps son esprit combinatoire jouait avec le code extraterrestre. Elle tira bientôt un carnet de sa sacoche, écrivit : 11100111.0001, et le tendit entre les sièges des deux passagers avant.
— Le message, est-ce ceci ?
— C'est ça, oui ! Mais comment diable... ?
— Je ne vois que ça qui s'écrive en 12 bits. L'octet décrit sa rangée de pions. Il vient de jouer le quatrième, qui apparaît dans le demi-octet. Il s'agit de la défense Philidor.
— C'est ce que vous pensiez, M. Soto ? fit Koskela.
— La sagacité de Mme Hui renforce notre première déduction.
— Alors il s'agit bien d'une partie d'échecs engagée contre une entité extérieure. Wow !... Que pensez-vous de son coup ?
— C'est un peu surprenant. Ça n'a même jamais été joué en championnat du m... de la Terre.
— Ce n'est pas bon ?...
— Si... Mais les statistiques ne sont pas trop en sa faveur.
— Vous ne la jouez jamais, alors ?
— Ça m'est arrivé. Mais personne ne l'essaye contre moi. Rassurez-vous, les classiques ne s'oublient pas.
— Que pouvez-vous en dire d'autre ?
— C'est un peu passif. Si l'on veut traduire par des mots, ça dirait : « Ma position est solide, j'attends sans crainte votre attaque. »
— Vous pourriez presque connaître la psychologie de quelqu'un à sa façon de jouer.
— Enlevez le conditionnel... et le presque.

L'auto quittait l'agglomération. Soto annonça encore dix minutes de trajet. La route monta dans un paysage bosselé dont la végétation arbustive accentuait l'aspect féerique.
– Cela me rappelle nos dents de dragon.
– Nous les appelons des mogotes. Vous êtes du Guangxi ?
– Oui. Je suis chinoise ; mais d'abord je suis zhuang.
– Alors vous êtes habituée au climat sub-tropical. Pas comme M. Koskela...
– Parfois, je me dis que j'ai raté ma vocation d'éleveur de rennes.
– Ha ! Ha ! Ha !
– Vous savez, coupa Hui, que j'habite près du Fast – qui est plus puissant qu'Arecibo, n'est-ce pas ? Excusez ma curiosité : pourquoi alors m'emmener aux antipodes de chez moi ? Est-ce parce que le message a été reçu ici ?
– Oui et non, répondit Soto. Il n'y a pas de concurrence entre les deux observatoires, mais le Fast est occupé à scruter d'autres galaxies. Or ceci ne concerne même pas la Voie lactée, et au stade où en est cette affaire très locale, nous pouvons la traiter ici.
– De votre point de vue, dit Koskela, c'est en effet stupide. Pourtant je préfère que vous soyez à Puerto Rico, où l'on risque moins de vous reconnaître qu'à quelques dizaines de kilomètres de chez vous.
– Voilà notre fameux radiotélescope, annonça Soto. D'ici, on ne voit rien, mais de la terrasse au-dessus ça impressionne toujours les touristes.

La route n'allait pas plus loin. Ils descendirent de voiture. Soto ouvrit la marche :

– Voici la porte réservée à la direction. Elle aura vos données biométriques. Vous passerez toujours par là. Les gens qui travaillent ici ignorent que le message a été décrypté, et comme nous l'avons dit, il est inutile que quelqu'un vous identifie.

Un ascenseur les déposa au deuxième étage.
– Voici mon bureau, qu'étant données les circonstances je vais partager quelque temps avec M. Koskela. Nous vous avons réservé la salle de réunion attenante, ajouta-t-il en ouvrant une porte. J'y ai dressé un échiquier... Pourquoi souriez-vous ?
– Ce n'est pas que j'en aie besoin pour le troisième coup ! Mais pour pouvoir vous le montrer, bien sûr... Oh ! la vue est magnifique !... Qu'est-ce que c'est que ce jeu ?
– Un jeu de collection, apporté de mon salon. Je m'en suis procuré un autre dans une boutique de l'aéroport, ajouta-t-il en le déballant.
– C'est sans importance, M. Soto, dit-elle en avançant la main vers le jeu. Son pion est là maintenant, n'est-ce pas ? En d'autres circonstances j'envisagerais de mettre fou ou pion ici (*pointant une case blanche*). Cependant il faut assurément jouer le pion-dame. Envoyez cela : « d4 ».
– OK... Vous pensez qu'ils vont le manger ?
– D'abord ce sont les enfants qui mangent... Oui, ils peuvent le prendre, mais il y a deux autres coups aussi probables... et encore deux autres qui le sont moins. Ensuite, je préfère considérer qu'il s'agit d'un seul adversaire. Au fait, se trouve-t-il loin ?
– À environ 75 unités astronomiques.

– C'est encore le système solaire ?
– Vous avez entendu parler du choc terminal ?
– Oui.
– C'est à peu près là.
– Alors c'est un peu comme si on entendait du bruit dans la maison.
– On peut voir la chose comme ça.
– La transmission se fait en combien de temps ?
– 10 heures et 40 minutes. Il nous semble que, par entente tacite, si chacun utilise une heure vingt pour se décider, il sera joué pour chaque camp un coup par jour terrestre. En tout état de cause, il faut lui répondre pendant qu'il passe dans notre ciel ; nous pensons donc émettre quotidiennement à cette heure-ci.
– C'est bien ce que je craignais... je suis ici pour trois mois !
– J'espère que vous apprécierez votre séjour, intervint Koskela. On appelle Puerto Rico l'île de l'Enchantement. Et c'est la saison sèche, la plus agréable de l'année. Nous avons mis une villa à votre disposition, ainsi qu'un agent de sécurité, qui ne va pas tarder. Oh ! c'est plus en raison de votre valeur qu'à cause d'un quelconque danger. Elle n'est d'ailleurs pas armée. Elle vous fera aussi la cuisine. Vous n'êtes pas enchaînée l'une à l'autre, mais si vous sortez seule, prenez sa carte pour régler vos frais. Et ces papiers d'identité au cas où.
– Et je m'appelle...? Sun Lan. Il faut que je m'en souvienne.
– Pour le reste vous n'aurez qu'à demander.
– Pourquoi tous ces ordinateurs ?
– Mais pour vous assister.
– Je m'en sers pour m'entraîner, dit-elle en s'en approchant,

jamais au combat. Pawnzo... Mitch... Star-K, vous avez réuni les champions ! Mais vous pouvez les enlever.
– C'est au cas où...
– Au cas où je commettrais une bourde ?
– Pardon, je ne voulais pas vous offenser. Je les mettrai dans notre bureau.

Mme Nayeli Rosario Nieves entra. Après qu'elles eurent été présentées l'une à l'autre, la fonctionnaire emmena la championne, récupéra ses bagages dans le coffre du directeur, et la conduisit à la villa. Hui Yun s'y installa, fit le tour du propriétaire, dîna et se coucha ; à l'heure anglaise il était tard.

Quand elle s'éveilla, c'est le nouveau décor qui lui fit réaliser qu'elle venait d'entamer la partie la plus étrange de sa carrière. Son nouvel agent était, bien qu'aux petits soins, d'une discrétion exemplaire. Elle convenait à Hui, qui supposa que son profil avait été choisi soigneusement pour lui être assorti. Quand Koskela appela pour prendre de ses nouvelles, il l'informa d'un vol charter en provenance de Liuzhou par lequel son ami pourrait la rejoindre le 14.

Elle passa l'essentiel de la matinée au jardin puis déjeuna avec Mme Rosario.
– Vous êtes portoricaine ? lui demanda-t-elle.
– Aussi portoricaine qu'une grenouille coqui ! comme on dit ici.
– Ce sont elles qui font « co-qui ! » toute la nuit...
– C'est la signature sonore de l'île, on en compte deux au mètre carré.
– Ce sont bien de toutes petites grenouilles arboricoles, qui ont la particularité de sortir de l'œuf déjà formées ?

– De minuscules et adorables bébés grenouilles. Mais vous êtes déjà venue ?!
– Non, mais j'ai étudié le sujet... Hm... c'est très bon.
– Merci.

À 14h, munie d'un badge de scientifique étranger en mission, Hui visita l'installation, avec Soto comme guide. À 15h30, elle rejoignit son poste. Dix minutes après, un mot de 14 bits parvint à la Terre et fut aussitôt décodé.

Un autre pion s'était élancé de la deuxième rangée noire et n'avait fait que passer sur la troisième. Koskela vint à la table de jeu et matérialisa le message sur l'échiquier.
– Oh !... souffla-t-elle. Le gambit !? Je suis étonnée...
– Qu'est-ce qu'un gambit ?
– On appelle gambit, d'habitude, le don d'un pion dans l'ouverture. Mais l'étymologie italienne désigne un croc-en-jambe. Et c'est le cas ici, où notre ami vient de côté provoquer notre pion central avec son pion – sans pour autant nous en faire cadeau.
– Un croc-en-jambe ! Est-ce donc un sport de combat ?
– Tout à fait. Comme un judoka qui, au lieu de rester fermement sur ses appuis en guettant une inattention, tente un déséquilibre. Face à un adversaire de sa force il se met en position de faiblesse, mais face à un adversaire plus faible, sa plus grande maîtrise décide rapidement. Seulement le gambit Philidor, c'est une prise que je n'oserais tenter que contre un amateur... Par conséquent je ne crois pas que nous ayons affaire à une intelligence artificielle.

– Qu'est-ce qui vous fait dire ça ?
– C'est que je vois là la manifestation d'une pulsion de mort... Donc une manifestation de vie.
– Peut-être ne maîtrise-t-il pas encore bien le jeu ?
– Sans doute, mais ça ne ressemble pas tellement à un coup de débutant. C'est plutôt un défi supplémentaire à celui qu'il nous a lancé hier.
– « Je ne crains pas votre attaque », disiez-vous.
– Nous passons de la passivité à la provocation.
– Selon vous, c'est une erreur ?
– Non, c'est une façon d'engager la conversation. Ou les hostilités si vous préférez. Seulement il faut qu'il cesse de me surprendre pendant quelque temps, il en va du pronostic vital de son roi.
– Je ne vous fais pas perdre plus de temps de réflexion. Je reviens dans une heure.

À ce stade de la partie, elle ne calcula pas. Elle se souciait moins de faire le meilleur coup que de choisir l'horizon où s'orienterait le jeu. Dans la pièce voisine, les programmes les plus avancés de la technologie terrestre dévoraient la puissance disponible au Centre. Pour Koskela, leurs cotes unanimes étaient un oracle. À 16h50, il tira la porte et entra.
– Il va être l'heure. Que décidez-vous ?
– Mm... Sortir l'autre cavalier est timide, le fou du roi plus agressif... Supprimer l'intrépide est excellent...
– C'est ce que je me suis laissé dire...
– Bien entendu...! Mais mon adversaire semble aimer le jeu romantique. Comme nous ne nous connaissons pas encore bien, je trouve assez sportif de répondre dans le même esprit :

je choisis l'attaque Ercole del Rio.
– Eh... pourquoi ne pas jouer l'excellent ?
– Mon contrat ne stipule pas que je suis engagée comme consultante des logiciels, mais pour conduire la partie à ma guise : « d prend e5 ».
– Si vous êtes sûre de gagner de cette façon...
– Ah ? il faut gagner ? Mais vous ne me l'aviez pas dit !
– Mais enfin, si on a fait appel à vous, c'est...
– Parce que vous pensiez que je joue mieux que quiconque... et quelconque. Sinon vous auriez pris une machine, pas vrai ? Vous prétendez vouloir communiquer avec des étrangers, et dès qu'ils se manifestent, vous voulez les battre.
– Permettez, c'est lui qui a choisi ce terrain.
– Oui, mais à ce jeu, on n'est jamais battu que par ses propres erreurs. Je joue ce qui me plaît : à l'adversaire de prouver que ce n'est pas bon... Gagner ! Ça ne veut rien dire, gagner. On donne un point de vue sur la vérité.

Koskela se demanda un instant s'il n'allait pas simplement rompre le contrat et laisser les ordinateurs poursuivre cette partie si bien engagée.
– D'un autre côté, continua-t-elle, est-ce que nous n'avons pas affaire à un de ces caractériels qui vous fracassent la tête avec le plateau de jeu si vous les matez ?
– Nous n'avions pas pensé à cela.
– Vous péchez par angélisme ! Et aussi... Tenez-vous à maintenir le contact avec votre correspondant ?
– Absolument.
– Il ne faut donc pas que la partie s'achève trop vite... Si ?
– Au moins vous avez confiance en vous...

Il alla porter le coup aux techniciens du chiffre puis à ceux de l'émetteur. S'enquérant ensuite de la joueuse, il la trouva devant l'échiquier, écrivant des lignes de jeu sur une feuille.
– C'est bon, c'est parti ? fit-elle. Parfait, dites à Mme Rosario de se préparer, je l'emmène randonner dans la Cordillère Centrale.
– À cette heure-ci, vous n'irez pas très loin.
– Mais non, demain matin ! Et pour une dizaine de jours. Puisque c'est l'île de l'Enchantement, je compte en profiter.
– Après avoir joué deux coups, vous comptez repartir !?
– J'y tiens. J'ai écrit sur cette feuille ce qui se passera pendant mon absence. Bien sûr, si dans trois jours il bifurquait en sortant son fou, je serais rentrée le surlendemain... Revenons dans la ligne principale : S'il accepte le sacrifice du cavalier, nous suivrons la partie Staunton - Morphy jusqu'à cette amélioration, ici. Vos prodiges de silicium agréeront. Tout est marqué. J'ai souligné ce qui est à mon sens la meilleure suite pour les Noirs : il jouera le plus probablement ces onze coups-ci.
– Alors, cette attaque del Rio, c'était pour partir en vacances ?
– Ce n'est effectivement qu'une arborescence de quelques suites forcées. Cela gagnera tout de même un pion. J'ai onze jours pour trouver un plan pour la suite... Espérez qu'il soit bon. Et en fait de vacances, ce ne sera pas tout à fait du tourisme. Vous ignorez peut-être qu'en plus de gagner ma vie en jouant, j'occupe mes loisirs à des choses sérieuses. J'ai une formation de naturaliste et ce séjour portoricain est une aubaine pour moi.

Les randonneuses descendirent en ville pour compléter leur équipement et rentrèrent à la villa. À l'aube, elles chargèrent leur barda et se mirent en route. Elles franchirent le rio Tanama et s'enfoncèrent dans la forêt de Rio Abajo où elles passèrent la journée. Koskela reçut le coup prévu, répondit de même, et échangea un SMS avec Rosario Nieves.

Au coup suivant, elle l'informa qu'elles avaient franchi la cordillère. Elles se trouvaient en compagnie d'une troupe de sapajous. Hui demanda à son ange gardien :
— Je ne vous vois pas utiliser le GPS ni chercher les balises des sentiers...
— Je suis née à 20 km à l'est d'ici...
— Et vous avez du sang taino ?
— Oui. Mais la majorité de la population en a. C'est grâce à ces montagnes que les Tainos ont pu survivre alors qu'ils ont été exterminés ailleurs dans les Antilles.
— Par les extraterrestres de l'époque. Ou les hommes augmentés de l'époque. Vous pensez que M. Koskela en est un ?
— Un homme augmenté ? Je ne le connais pas. Mais il est de haut rang, il doit avoir sa sauvegarde trimestrielle.
— Il prend soin de sa petite santé. Le plus tard il passera, meilleure sera la technologie de réimplantation.
— Elle n'est pas encore si fiable ! Une majorité des *happy few* de la liste d'attente sont déjà décédés. En plus, beaucoup de ressuscités sont à refaire ; le pire étant la difficulté à surmonter certains échecs.
— Vous parlez des cas de démence ? On ne m'enlèvera pas de l'idée qu'ils ont une origine pré-régénitale.
— Vous voulez dire qu'ils avaient déjà un grain dans leur première vie ?

– C'est un avis personnel, mais quand on se prend pour Dieu...
– Moi je ne suis pas censée vous dire des choses personnelles, mais enfin j'ai tous mes organes. Je ne suis qu'une fonctionnaire ; je ne saurai survivre autrement qu'en passant le témoin à mes futurs enfants.
– Ces sapajous et nous avons des ancêtres communs qui vivaient il y a cinquante millions d'années. Je ne suis pas sûre de pouvoir en dire autant des humains augmentés, qui ne nous considèrent plus comme leurs congénères. D'ailleurs ils nous ont toujours appelés les chimpanzés du futur.

Le troisième jour, c'est Hui qui répondit quand le téléphone vibra :
– M. Koskela ? Nous sommes dans la forêt sèche de Guánica. La mer des Caraïbes est à nos pieds !
– Il a joué. Cavalier en h6.
– Nous pourrons donc aller à Ponce demain. Nous allons maintenant nous baigner.

Après leur bain, les deux femmes allèrent monter leur campement. Dans la forêt sèche, il n'y avait pas de coquis pour les empêcher de dormir. Ou de parler. La lumière éteinte, Mme Rosario se sentit plus libre de sortir de sa fonction et demanda :
– Sans vous offenser, on vous a fait venir parce que vous êtes plus maligne que l'intelligence artificielle ?
– Vous allez comprendre. Au siècle dernier, les activités humaines se sont vues progressivement assorties du terme « assisté par ordinateur »...

– Avoir un assistant, c'est gratifiant.
– Jusqu'à ce qu'on se découvre une mentalité d'assisté...
– Vous imaginez Beethoven faisant de la MAO ?
– Pas trop. Dans mon domaine, les choses ont évolué différemment, quand Kasparov créa les échecs dits avancés où un ordinateur est « assisté par humain ». Cet humain, appelé centaure, examine les coups proposés par la machine, et choisit. Voilà, c'est certainement la centaure qu'on a fait venir, pas la championne – capable de toutes les bourdes – car à ce jeu-là, je n'ai jamais perdu une partie contre un programme livré à lui-même. Seulement M. Koskela a oublié de stipuler dans mon contrat que je devais jouer en consultation avec les machines.
– Les femmes doivent vous savoir gré de ne plus passer pour des cruches.
– Vous savez, les hommes se sont fait battre pendant des siècles par des femmes, puis ils sont allés jouer entre eux dans les cafés et elles ont manqué d'entraînement... Mais il peut y avoir des raisons contradictoires à la parité actuelle. D'abord, la technocratie, qui a asexué l'humanité. Inversement, nous avons une motivation supplémentaire par rapport aux mâles : la parturition est entrée en résistance contre la réplication.

En arrivant à Ponce, deuxième ville de l'île, Hui Yun se fit faire une nouvelle coupe de cheveux. Elle acheta des lunettes, et se montra en chair – ce qu'elle évitait devant l'échiquier afin que nul n'insinuât qu'elle usait de ses charmes. Ainsi, même un Chinois ne pourrait voir en elle sa figure médiatique. Et pour avoir l'air plus normal, elles s'appelèrent par leurs prénoms, Yun étant changé en Lan.

Elles allèrent déposer leurs affaires à l'hôtel Alomar. À un mois du carnaval, les clients étaient rares et elles obtinrent une suite au dernier étage. La réceptionniste leur ayant débité les éléments de langage de l'école hôtelière, elles attendirent d'être dans l'ascenseur pour en rire. Hui dit à Rosario :

– Vous connaissez le test de Turing ?
– C'est quand une machine vous parle et que vous essayez de déceler si c'en est une.
– Eh bien, vu le nombre de gens qui parlent comme des robots, les robots n'ont plus beaucoup de mal à réussir le test.
– Cette fille en est peut-être un ! Le test inverse n'existe pas ?

Elles ressortirent flâner sur le port, puis dégustèrent un *mojo isleño* avant de rentrer à l'hôtel. Au salon, la télé était éteinte, une femme lisait, deux hommes étaient penchés sur un échiquier.

N'importe qui peut regarder une partie d'échecs sans être indiscret, on est au spectacle. Hui y accorda un intérêt relatif, car une partie d'amateurs est souvent un concert de fausses notes, chaque joueur à son tour retournant la situation à son désavantage. Les deux fronts se relevèrent le temps d'un sourire, occasion aussi de donner de l'exercice à leurs cous. Bientôt, l'un d'eux, dont il ne restait plus au roi qu'à se couvrir la tête de sa toge, se leva, proposant de céder sa place.

– Vous jouez ? demanda-t-il.
– Un peu... répondit Hui.
– Nous ne sommes pas très fortes... précisa Rosario. Mais Hui s'était déjà assise.

– Je crois vous avoir déjà vue quelque part, lui dit l'autre homme.

L'inquiétude gagnait Rosario.
– J'y suis ! Je ne vous aurais pas croisée à l'observatoire au début de la semaine ?
– C'est vrai, j'ai eu l'honneur de le visiter. Et Nayeli y est... Hum...
– J'y suis moi-même pour quelques mois, enchaîna-t-il. Avant de rentrer à Dar es Salaam.

Il lui tendit ses poings. Rosario crut bon de préciser la situation :
– Mon amie Lan est une naturaliste chinoise. Je lui sers de guide pour étudier la biodiversité de l'île.
– Cela vous étonne, constata Hui en désignant le poing qu'il ouvrit sur un pion de même couleur.
– Effectivement... Naturaliste ! La biologie moléculaire n'a pas encore tué tout ça ?
– À peu près ! Le naturalisme serait une superstition. La nature appartient au monde physique, donc numérisable ; tout ce qui s'apparente au vitalisme est ainsi réfuté... À vous !
– Je suis inquiet pour votre compatriote, dit-il en ouvrant du pion c.
– Qui donc ? demanda-t-elle en l'imitant.
– Mais Hui Yun, la championne du monde ! répondit-il, postant le cavalier derrière le pion.

Elle joua celui de son roi, et l'ingénue :

– Ah oui, des échecs ! J'en ai entendu parler.
– Soi-disant un mal aigu, mais rien d'alarmant ! Soi-disant une intervention banale, mais on ne dit pas quoi... D'accord, c'est son intimité, et ça ne fait qu'une semaine qu'elle est escamotée... (*sortant l'autre cavalier*) mais j'attends d'être rassuré. Car il y a un syndrome du champion du monde : Fischer, qui disparut pendant vingt ans, la CIA à ses trousses ; Spassky enlevé par le FSB en plein Paris, ou plus récemment...
– Attendez, attendez... l'interrompit-elle, feignant de réfléchir avant de pousser son pion-dame. Pourquoi l'enlèverait-on ?
– Je ne dis pas qu'elle l'ait été, répondit-il en saisissant le pion, puis le sien qu'il posa à la place. Mais enfin, certains auraient des motifs.
– Mhh !!? s'ébahit-elle avant de s'emparer du pion qu'il venait de lâcher.
– Elle terrasse leurs ordinateurs ! Il faut qu'ils trouvent la panne, fit-il, sibyllin, et il attaqua le coursier d'ébène avec un fantassin de buis.
– Il est en effet contraire à la théorie technévolutionniste, dit-elle en déposant un cavalier hors de l'échiquier, que l'humain rattrape son retard sur la machine.
– Avec ses ressources en mémoire et en calcul, une machine joue les ouvertures comme on parcourt une encyclopédie ; et les finales à la perfection dès que les trois-quarts des pièces ont disparu. Mais entre les deux, il y a un labyrinthe de possibilités !
– À quoi lui sert son intelligence artificielle, si ce n'est à l'explorer ?

– Intelligence ? ricana-t-il. Un labyrinthe, vous l'inondez, et vous trouvez la sortie par où l'eau s'écoule. Vous ne direz pas pour autant que l'eau est intelligente. La machine ne procède pas autrement. Mais ce labyrinthe-ci est infini, vous n'aurez jamais assez d'eau.
– Pas infini... contesta-t-elle en sortant l'autre coursier.
– Non, ses galeries sont juste un peu plus nombreuses que les atomes dans la Voie lactée... On est capable de calculer quand nous entrerons en collision avec un astéroïde, mais pas l'échec et mat dans le petit univers que voilà...

Après un moment de silence, il avança résolument le pion de sa reine. La soi-disant Sun Lan réfléchit, et se décidant pour un nouvel échange, poursuivit :
– Si je vous suis bien, certains aimeraient savoir comment elle, elle passe à travers les astéroïdes.
– On ne manque pas de technologies pour observer les zones de son cerveau qui s'allument avant ses prises de décision. Elle joue d'instinct les coups qui gagnent, et même si elle ne sait peut-être pas elle-même pourquoi, le pourquoi se trouve sous son crâne.
– Mais l'instinct vous fait obéir sans réfléchir à des lois connues ! Machinalement, comme fait n'importe quelle chose programmée.
– Gênant, ce clouage... Enfin je voulais dire l'intuition, qui est à l'écoute de ce qui n'est pas encore écrit dans un logiciel.

La joueuse cherchait n'importe quel argument pour alimenter la contradiction, tout en contemplant le triste fianchetto blanc qui venait d'apparaître.

– En admettant qu'il y ait bien quelque chose que l'on puisse nommer intuition, on finit par découvrir le schéma qui l'a guidée, qu'il suffit ensuite d'appliquer... Cela économise de l'eau pour votre labyrinthe.

Elle décida d'échanger son fou.
– Bien sûr, dit l'homme en le prenant de la reine, ils apprennent de leurs défaites, mais ils préféreraient gagner. Pour eux, il n'y a pas d'intuition qui tienne, leur credo mécaniste dit que tout peut être mis en équation. Et doit l'être. Pour le progrès... humain... ou pas.
– Je ne suis pas très rassurée, souffla-t-elle, avançant la main vers le centre de l'échiquier.

Mme Rosario s'alarma de la voir gagner un pion. L'apercevant écarquiller les yeux, l'homme lui envoya un sourire complice, pensant qu'elle avait vu l'erreur de son amie.
– Vous savez, dit-il, c'est juste une expérience de pensée, je n'y crois pas du tout. Car s'il y a une chose qu'on ne peut pas forcer à marcher, c'est bien le cerveau.
– Entièrement d'accord...
– Échec.
– Oups... J'abandonne. Vous voudrez bien m'excuser. J'ai fait une erreur de débutante.
– C'est moi qui vous dois des excuses, je n'ai fait que parler.

En prenant congé, Hui Yun était honteuse de son mauvais tour, d'autant plus qu'elle n'avait pas refusé une éventuelle revanche le lendemain.

Elle n'aurait pas lieu. Son interlocuteur tanzanien vint s'en excuser dans la salle du petit-déjeuner.
– Nous ne jouerons pas ce soir, car je dois écourter mon week-end. On vient de découvrir une nouvelle planète naine.
– Où cela ?
– Oh ! elle est actuellement à la limite de l'héliosphère ; on ne savait rien de plus ce matin.
– Comment s'appelle-t-elle ?
– Elle a déjà un numéro. Mais une commission se réunira pour lui choisir un nom. Comme c'est un objet trans-neptunien, je présume que ce sera d'après un personnage mythologique. La mode est à la mythologie inuite.
– Parce qu'il y fait très froid ?
– Le soleil n'y tape pas ! Il y brille à peine plus que les autres étoiles.
– Mais elle tourne quand même autour...
– Elle doit le faire avec une orbite assez perturbée, sinon elle aurait probablement déjà été repérée ; ce qui peut indiquer qu'elle a été capturée d'un autre système, comme celui de l'étoile de Barnard... C'est le genre de choses sur lesquelles nous allons plancher ces prochains jours.
– Y découvrira-t-on une forme vivante ?
– Elle n'a pas les conditions requises pour l'apparition de la vie.
– La vie n'est pas apparue en Arctique, pourtant il y a les Inuits.
– Oui... comme nous sommes aussi sur Mars.
– Alors laissez-moi croire qu'il y a là-haut un Petit Prince.
– Oh vous connaissez Saint-Exupéry !

– Il m'a appris à ne pas désespérer de remporter une victoire aux échecs. « Car tu es plus riche de ce qu'elle existe si même elle n'est point pour toi. Ainsi de la perle du fond des mers. »
– Ne désespérez pas. Si vous repassez à Arecibo, voici ma carte.
– Sait-on jamais... M. Owenya.

Elles passèrent la matinée au Museo de Arte, qui attire à lui seul sur l'île de nombreux amateurs d'art.
À l'heure habituelle, Mme Rosario annonça :
– Message : « On dirait que notre adversaire joue mieux que Morphy. »
– Mieux que Morphy ! Il est drôle. Pour moi, Morphy s'est efforcé de perdre cette partie amicale ; car s'il avait réussi, Staunton n'aurait peut-être pas cherché tous les prétextes pour éviter un match... Enfin, pour nous, ça ne change rien au programme. Êtes-vous déjà montée au Cerro de Punta ?
– Pas à pied depuis le niveau de la mer. Ce sera l'étape la plus longue.

Et le lendemain, elles contemplèrent l'île depuis son point culminant. En chemin, le diplomate sidéral avait appelé :
– Il continue la ligne principale. Je m'apprête à jouer votre dixième coup : Fd3.
– *Muy bien* ! Ah j'allais oublier. Pourquoi ne m'avez-vous pas dit que vous aviez découvert son repaire ?
– Son repaire ? Vous voulez dire... Comment êtes-vous au courant ?
– Cette île fourmille d'astronomes !

– D'accord... Oui, c'est la grande nouvelle. Ils ont trouvé une planète là où nous leur avons suggéré de regarder. Ils n'en savent pas plus.
– Comment est-elle ?
– Rouge et petite. Si l'on y plaçait Puerto Rico, elle aurait l'air d'un continent.

Les quatre jours restants, à l'observatoire, le camp blanc ne joua que la reine. Elle entra en action par f3, fit deux prises et s'échangea contre son homologue noire. Les deux femmes gagnaient l'ouest de l'île par la forêt. L'après-midi du deuxième jour, Rosario annonça :
– Yuquiyú, la « forêt de nuages ». La plus vieille réserve de l'hémisphère Nord.
– Ça c'est de la forêt humide.
– Pour trouver plus humide, inutile de voyager ; attendez la saison humide.
– Mon plus vieux souvenir de naturaliste, c'est quand, enfant, en lisant *Vingt-Mille Lieues sous les mers*, j'avais recopié tous les noms de poissons : Cinq cents ! Si Jules Verne avait emmené son lecteur ici, il n'aurait pas hésité à nommer les centaines d'arbres, les heliconias, et les orchidées ; les saurophidiens, chaque amphibien ; la précieuse amazone... Ce sucrier à ventre jaune, que j'entends... Oh ! et ce San Pedrito, là ! Et là-haut cet émeraude mâle un arthropode au bec... Que de merveilles ! Depuis cette forêt de nuages, il y a vraiment de quoi pleurer le sort de quelqu'un qui n'a vu que le nuage de Oort.
– Vous voulez parler de l'ext... Tiens, oui, au fait !
– Nayeli, on en oublie le boulot toutes les deux !

– Une seconde...
– Si jamais « il » protège son cavalier, ça nous donne un jour de plus.
– Voilà : Il a pris le vôtre.
– Ce cher Koskela doit commencer à me prendre pour une médium... N'est-il pas extraordinaire de voir les gens qui se passionnent pour la vie extraterrestre se désintéresser autant de la vie ici-bas ? Ça relève de la psychiatrie. Il y en a ici tellement de formes. Et une forêt comme celle-ci est ce que le système solaire a produit de mieux en matière de complexité. Si vous ne considérez que la variété de ses modèles architecturaux, à côté les réalisations de nos urbanistes dystopiques font penser à une boîte de Lego® premier âge.
– Nous avons de la chance d'avoir une nature aussi riche et préservée, sur notre île.
– C'est peut-être aussi ce qui a attiré l'industrie pharmaceutique. Un animal souffrant recourt à la phytothérapie sans connaître la formule de la molécule qui le soigne, et c'est gratuit. L'homme moderne, sans le pharmacien, meurt. Ici, il doit rester des myriades de molécules à identifier, copier, et accaparer avant de les éradiquer du vivant. La nature n'avait qu'à déposer des brevets.

À San Juan, la capitale, la journée fut consacrée à l'université et à son jardin botanique. Le lendemain matin, elles louèrent un véhicule pour rentrer. Une manifestation les obligea à un détour.
– C'est la journée mondiale de quoi, aujourd'hui ?
– On dirait plutôt une Feather Pride. Pour le droit des gens à avoir des plumes qui leur poussent dessus.

Arrivées à l'heure à l'aéroport d'Arecibo, elles prirent en charge l'ami de Hui et montèrent à la villa. Koskela les attendait devant la porte.
- M. Koskela, voici Jose.
- Mais c'est un perroquet !
- Plus précisément un jaco. Quand vous m'avez présenté votre ami, je ne me suis pas écriée : « Mais c'est un rastaquouère ! »
- Quel ami ?
- X., ou E.T., répondit-elle, montrant la voûte céleste. Il ne signe toujours pas ses messages ?... Jose, voici Koskela.
- Hello, Koskela !
- Jose comprend plus de mots que n'en utilise l'humain dégénéré moyen.
- Je suppose que vous lui avez appris votre jeu.
- Il résout des petits problèmes.
- Vous arrivez à le détourner de ses pulsions primaires ?
- D'autres sont livrés à leurs impulsions binaires... Entrez donc... Nous allons rester quelque temps ici, Jose.

Pendant que l'*homo* zhuang et le *psittacidé* gris du Gabon se laissaient aller à l'émotion des retrouvailles, Rosario déchargea la cage et les bagages de Jose. Puis elle alla réunir les ingrédients d'une préparation rapide pour le déjeuner. Son chef alla la trouver en cuisine.
- Tout s'est bien passé, Mme Rosario ?
- Il n'y aura rien de spécial dans mon dernier rapport. La seule frayeur aura été l'astronome qui lui a parlé d'elle.
- Nous redoublerons de précautions à l'observatoire... Je vais voir cet oiseau de plus près.
- Je vais bientôt servir. Vous mangerez dans les plats.

Il rejoignit Hui dans le séjour et, s'invitant à flatter son perroquet, avança timidement son doigt.
– Quand vous m'aviez parlé de faire venir votre ami, je pensais qu'il s'agissait d'un amoureux.
– Il ne fallait pas interpréter, j'ai employé le mot juste. Nous avons tous les deux nos propres amoureux.
– Par abus de langage, alors, comme on appelle compagnon un animal de compagnie.
– Ah pas du tout.
– Et vous êtes devenus amis comment ?
– Comme souvent, par relation professionnelle.
– Vous vous moquez de moi.
– J'étudie l'éthologie, vous comprenez ? Et Jose est aussi très occupé à étudier mon comportement, je crois.
– Mais l'amitié suppose en général un certain nombre d'affinités...
– Vous pourriez être ami avec votre clone ? Nous sommes des individus d'espèces différentes qui essayons, malgré les différences, et sans doute à cause de ces différences, de communiquer. C'est bien ce que vous essayez de faire aussi dans votre branche ?
– Sauf que je communique avec des êtres un peu plus avancés.
– Ils ont de l'avance dans l'exploration de notre propre territoire, mais à part ça ?
– Il y a dans la Voie lactée dix milliards de planètes ressemblant à la nôtre, la plupart plus vieilles de millions d'années. Un temps facilement mis à profit pour nous devancer technologiquement et philosophiquement.
– J'avais oublié que le progrès fait son œuvre aussi en

philosophie.

– Cela va de pair. C'est pourquoi nous nous attendons à ce que, de toutes les rencontres entre civilisations de notre histoire, ce soit la plus pacifique.

– Comme Christophe Colomb que les gens d'ici ont pris pour un dieu bienveillant à cause de ses grandes pirogues. Ou comme l'homme industriel qui se trouvait tellement plus pacifique que l'homme des cavernes. Je ne sais pas si c'est le délire de l'assassin qui l'aide à se représenter comme un saint, mais y a peu de traces de charniers datant de l'âge de pierre.

– Vous les verriez plutôt sanguinaires ? Merci, Mme Rosario.

– Merci, Nayeli... Si toutes les civilisations *avancent* de la même manière, ils sont faciles à décrire : Après que la vie est apparue sur leur planète, un des embranchements arrive en quelques trillénaires à la pensée conceptuelle et réflexive. Elle connaît et maîtrise son environnement, puis adopte un mode qui s'en affranchit (appelons-le mode de vie post-industriel). Devient ivre d'elle-même. La chimie commence à la tuer plus vite qu'elle ne la soigne, et rend stérile ce qui survivait sur une planète rendue inhabitable par la compulsion de consommation.

« Méprisant sa longue phylogénèse qu'elle voit comme du temps perdu, elle bricole une biosynthèse pour pallier sa propre dégénérescence. Ses scientifiques créent des chimères qu'ils prétendent vivantes parce qu'elles ont à peu près autant de conscience qu'eux. Et voilà ces chimères se mettant à explorer l'espace – bien obligées vu l'état de leur planète. Et c'est ainsi qu'elles perdurent – on ne peut même

pas dire survivre pour des robiots – et essaiment dans la galaxie, sans autre but que leur propre pérennité.
– Nous avons effectivement une théorie qui dit que la vie évolue forcément vers la machine... Après l'historique que vous venez de dresser, vous persistez à croire que votre adversaire est bien vivant ?
– Je sais que ça paraît improbable : Vu les distances à couvrir dans la galaxie, la célérité des astronefs est du même ordre que celle des escargots et le vivant est une chose bien périssable pour ne pas mourir en route. Mais la solution est connue : l'information voyageant à vitesse-lumière et tout corps étant réductible à une somme d'informations, voilà votre moyen de transport.
– C'est vrai. Le hic, c'est de réincarner l'information à l'arrivée. Il faut un transducteur déjà sur place pour le faire. Il y aurait donc quand même un très long voyage pour que les robots aillent l'installer et préparer un peu de confort pour les prochains arrivants. C'est pourquoi, si nous voyons arriver d'autres candidats à la civilisation galactique, ce doivent être des êtres-machines.
– Qui ne précéderont aucun être-vivant, selon vous, puisque vous visez vous-même à devenir la machine qui n'a plus besoin du vivant, cette erreur de la nature.
– Erreur de jeunesse.
– Mais quand aura complètement disparu en vous l'humain et sa haine de soi, la machine qui restera sera peut-être d'un avis contraire. Les supercalculateurs dernier cri ne sont-ils pas à prolifération bactérienne ?
– En effet.
– Des bactéries toxiques s'étaient échappées des premiers

prototypes. Pour protéger l'industrie du scandale, on avait accusé des producteurs de concombre bio.
– C'est de l'histoire ancienne, ça... Mais dans votre exemple, la vie n'est qu'un auxiliaire bien utile pour la machine.
– Des machines plus évoluées trouveront peut-être dans des formes de vie plus complexes des auxiliaires à leur convenance.

Elle lui aurait expliqué la réalité de ce qu'on appelle les *ressources humaines*, mais Koskela ne lui demanda pas d'approfondir. Il s'approcha de l'échiquier, lui signifiant que c'était pour ça qu'elle était là. Les pièces étaient restées telles que la conductrice des Blancs les avait laissées avant son périple. Elle répéta les coups qui l'avaient jalonné, atteignant la position qu'elle avait anticipée dix jours plus tôt.

Si certaines parties semblent n'être qu'une seule bataille, ici le combat s'est interrompu après quatorze coups. Les dames, la moitié de la cavalerie et cinq pions ont péri dans l'escarmouche ; un no man's land sépare à nouveau les deux camps. Et les Noirs ont peu de contrepartie pour leur pion de moins, ayant besoin de compléter leur développement avant de déclencher une nouvelle offensive.

Le plan terrien est le suivant : Handicaper la percée centrale adverse, et imposer le blocus des pièces ennemies derrière le rempart de leur chaîne de pions. Même si elles résistent au siège, la place sera nettoyée à force d'échanges ; et une fois la zone pacifiée, les trois pions liés monteront inexorablement vers leur vis-à-vis, privé de tout secours.

Le combat aurait donc lieu à l'ouest, et les troupes victorieuses entreraient sans résistance par l'est. Ce plan avait été rapidement établi, mais la stratégie la plus claire n'est pas à l'abri de la péripétie. Un simple coup de main peut mettre en déroute une armée entière, et c'est à déceler les possibilités de guérilla dans chaque secteur des opérations que la joueuse devrait désormais employer son énergie.

Koskela partit le premier pour l'observatoire.
– Quelle impression t'a fait cet homme, Jose ?
– L'ai vu. Et entendu. Rien d'autre.
– C'est ce que je pensais. Il n'en émane pas grand chose. Il réfléchit la lumière.

Le panorama de la nouvelle campagne ainsi défini, et les deux camps ayant à mettre préalablement leurs rois à l'abri d'un roque, Hui Yun n'eut pas trop à faire les jours suivants. Le matin, elle faisait des activités avec Jose, et exerçait son métier de joueuse : entraînement, étude de parties, préparations d'ouvertures pour le prochain tournoi. Et après être allée déplacer sa pièce, elle passait le reste de l'après-midi dans la nature, presque toujours accompagnée de l'agent Rosario.

Bientôt, elle offrit à X la possibilité de relâcher l'emprise qu'il subissait. Mais cela exigeait qu'il abandonnât son attitude défensive. Or celle-ci semblait se figer en état d'esprit, par un biais psychologique qu'elle connaissait bien.

Le 20 janvier, elle eut à prendre une décision difficile, et utilisa son temps jusqu'au bout avant de choisir de déloger le cavalier adverse par f3. Cela annihilait son avantage, et

Koskela, qui n'osait plus rien dire, fit une drôle de tête. Elle le rassura par : « Faites-moi confiance ». Le lendemain, quand le coup arriva, il fit remarquer :
— Il aurait pu aussi sacrifier sur c3.
— Le jeu serait devenu dynamique et ouvert, de par l'asymétrie du matériel ; or il a préféré la guerre de position. C'est ce que je voulais vraiment savoir.

Février arrivait. Une nuit, elle fit un rêve saisissant. Elle le reconnut d'abord comme celui qu'elle avait fait à Hastings. Le Géant de Wilmington, qu'on appelle Long Man quoique sa silhouette creusée dans la craie ne dise rien de son sexe, était revenu. Détaché de la colline qui lui donnait ses proportions, ce n'était plus un géant ; les deux grands bâtons qu'il tenait n'étaient en fait que l'encadrement d'une porte. Il en franchit le pas ; s'approchait d'elle.

Effrayée mais refusant de fuir son rêve, elle se réfugia dans le demi-sommeil, sollicitant ses sens. Il y avait encore une persistance rétinienne, mais ce qui l'avait imprimée n'était plus visible. Ne restait qu'un halo entourant la porte de sa chambre. Derrière la porte, elle pouvait entendre les signaux d'un sonar... En réalité les « co-qui » de la nuit portoricaine, comme si toutes les grenouilles de l'île, telles des balises d'écholocation sidérale, appelaient les étoiles. Quand elle s'en rendit compte, elle s'éveilla complètement.
– Co-qui !
– Jose, tu ne vas pas t'y mettre aussi...
– Tu l'as senti ?
– Quoi donc ?
– L'oiseau renard.

– Il est entré ici ?... Ça s'appelle une chauve-souris, Jose. Maintenant retourne dormir.

Elle passait souvent à l'observatoire en coup de vent, n'y réfléchissant que par acquit de conscience. L'extraterrestre n'ayant joué aucun coup qu'elle n'eût envisagé, le sien était toujours prêt.

Commençait un ballet incessant autour de la case d6, véritable cœur de la lutte, que le cavalier noir occuperait en tout vingt-trois jours. Un joueur moyen ne verrait dans ces subtilités qu'une « drôle de guerre » assez éloignée des attaques à la baïonnette de sa pratique. Quant à Koskela, il lui avoua :
– Je me suis mis un peu à votre jeu. M. Soto me bat à chaque fois ; et je dois être ce que vous appelez dans votre jargon une mazette, car je ne comprends pas la logique de cette partie. Y a-t-il un fil conducteur qui vous guide ? Avez-vous une certitude sur le dénouement ?
– Vous voudriez la vérité scientifique.
– Je vous fais confiance, mais si les échecs sont une science, la science a besoin de preuves.
– Mikhail Tal disait qu'il fallait emmener son adversaire dans une forêt profonde et sombre où 2+2 égale 5, et dont le sentier vers la sortie n'est pas assez large pour deux.
– Il y a beaucoup d'explorateurs de forêts tropicales dans votre métier !
– On l'appelait le Magicien... En tant que technophile, vous croyez qu'il n'y a jamais qu'une seule meilleure solution. Et là, pour vous, ça coince. Vous savez peut-être qu'au moyen-

âge, quand la preuve faisait défaut on recourait à l'*épreuve*, appelée aussi jugement de Dieu, ou encore ordalie. Et concrètement, on organisait un tournoi.
– Vous faites un drôle de chevalier.
– Il n'y a pas que les chevaliers. Les Tainos faisaient peut-être de même en jouant au batey à quelques kilomètres d'ici.
– Ah ! vous avez visité le Centre cérémoniel de Caguana. On y aurait fait aussi des observations astronomiques, d'après certains archéologues !
– Bref, je suis dans cet état d'esprit. Je n'ai pas la preuve que ce que je fais est juste, mais l'issue du combat en tient lieu.
– Ça me dépasse... Je ne dois pas avoir les capacités de votre perroquet. Comment va-t-il ? Vous avez invité ses cousins de l'île à discuter avec lui ?

Hui se souvint que Rosario venait de lui faire remarquer qu'il n'était venu qu'une fois manger sur le pouce, et qu'elle ne devait pas se gêner pour elle à cause de la cuisine. Elle l'invita donc à déjeuner le lendemain, assez tôt pour voir Jose au travail.

À l'heure dite, le volatile lui ouvrit et le conduisit auprès de Hui Yun, qui finissait de préparer la séance. Quand tout le monde fut prêt, elle présenta à son élève un casse-tête – sorti d'une caisse étiquetée « pas encore faits » – qu'il commença par résoudre. Ensuite il montra sa faculté à manipuler des concepts variés. Quand elle lui dit qu'elle aimerait danser, il sauta sur un petit appareil, en frappa deux touches, sélectionna un air dans une liste, le fit jouer, et en chanta les paroles en dansant. À la fin des applaudissements, il voulut bien improviser un autre air sur un idiophone spécialement conçu pour son anatomie.

À l'écart des objets hétéroclites dont l'oiseau s'était servi, l'homme avisa un boulier.
– Il est donc vrai que les Asiatiques se servent toujours de cet abaque ?
– Ça va quelquefois plus vite. Mais c'est surtout Jose qui l'utilise.
– Je vais m'en aller, dit celui-ci.
– Où veut-il aller ?
– C'est sa façon d'exprimer qu'il en a assez. Il aime bien les maths, mais quand il en a envie. Allons, Jose, encore un petit effort.

S'ensuivit une nouvelle démonstration. Le jaco effectua les opérations qu'on lui demanda, mais s'arrêta net au milieu de la dernière :
– Je suis désolé.
– Il ne faut pas insister ; nous avons déjà travaillé ce matin. Tu peux t'en aller, Jose. Veux-tu quelque chose ?
– Je veux une demi-banane.

Il ne faisait pas de doute que Koskela était singulièrement étonné. Pour ce qui est d'être admiratif, il eût fallu qu'il puisse trouver admirable de maîtriser l'arithmétique de base – qu'il l'observât chez un homme ou chez un ver de terre. Hui conclut :
– Quand il saura extraire une racine carrée, je vous appellerai.
– Les *bacalaitos* sont servis.

À table, ils parlèrent essentiellement des charmes de l'île. On en revint finalement aux mêmes sujets.
– Comment trouvez-vous son niveau de jeu par rapport à ceux que vous avez l'habitude d'affronter ?
– J'ai rarement été aussi impressionnée par un débutant. Il a fait de la corde raide dans l'ouverture, mais ensuite, sans commettre d'erreur grossière, il n'a pas toujours trouvé les meilleurs coups. J'en ai encore joué trois faibles moi-même la semaine dernière – vous vous en êtes rendu compte – afin de ne garder qu'un petit avantage.
– Il n'en a pas profité, et selon toutes les analyses, cet avantage est maintenant net.

Rosario se leva et rapporta de la cuisine un *asopao de gandules*.
– Mme Rosario, aviez-vous déjà été affectée à une mission qui nécessitait ce genre de talent ?
– Non. Sans me vanter, ça ne devrait pas me coûter de point.
– Croyez bien que j'y veillerai ! Mme Hui, le jour de notre arrivée, vous aviez dit que vous étiez capable de pénétrer la personnalité de vos adversaires...
– Oui, je commence à bien le connaître. Je sais presque à qui j'ai affaire.
– Voyez-vous ça...
– Quand c'est à vous de jouer, on dit que vous avez le trait. C'est un emprunt au champ lexical du tir à l'arc, mais j'aime penser que cela a *trait* au trait de caractère. Car coup après coup, vos choix parmi les possibles en disent plus sur vous qu'un portrait-robot ou un test psychologique. À condition de savoir les interpréter.

– Et quand vous le croiserez dans la rue à San Juan, vous l'aborderez en lui disant : « Je suis la personne qui vous a joué l'attaque del Rio ! »
– Oui, c'est ça, rit-elle, et il me prendra pour une folle !

Comme Rosario apportait le dessert, Koskela fixait l'échiquier sur l'autre table.
– De la purée de taro ! se réjouit Hui. On en mange aussi chez moi.
– On l'appelle ici purée de yautía.
– Suis-je bête ! s'exclama Koskela. J'ai cru un instant qu'il avait joué !
– Ah ! Ah ! Non, c'est moi qui ai anticipé son prochain coup. L'hallucination vous guette.
– Sans doute parce qu'il est bientôt l'heure... Votre jeu semble très ancien.
– C'est un Staunton taille 3 début XXe. Le plateau sert de boîte ; on la verrouille en faisant coulisser cette pièce de bois imitant le dos d'un livre.
– *HISTORY OF ENGLAND*. Le charme des vieilles bibliothèques...
– J'en ai fait l'acquisition parce qu'il a appartenu à Samuel Beckett.
– Un champion ?
– Un écrivain, et joueur amateur. Il y a dans son œuvre beaucoup de références à notre jeu ; comme dans le titre de sa pièce *Fin de partie* *. Dans *L'Innommable*, il a écrit : « je ne peux pas continuer, je vais continuer. »

---

* Attention au contresens : Une fin de partie est une phase de jeu qui peut précéder de beaucoup la fin de la partie ; elle peut ne pas survenir du tout si la partie est finie avant.

– Quel rapport ?
– Notre cher Tartakower l'avait dit autrement : « La tactique, c'est ce que vous faites quand il y a quelque chose à faire ; la stratégie, c'est ce que vous faites quand il n'y a rien à faire. » Être au monde, comme devant un échiquier, c'est devoir faire quelque chose – quand même. Même quand vous en êtes arrivé à trouver tout cela absurde.

Son hôte hochait poliment la tête, ne comprenant pas trop de quoi elle parlait.
– Il se peut qu'ici vous manquiez de divertissements.
– Certains en ont beaucoup moins, non ? Quoi de plus déprimant que l'existence de notre correspondant sur sa petite planète, avec ses paysages empruntés au décor d'un théâtre de l'absurde, et qui jusqu'à Noël dernier ne faisait que ce qu'il y avait à faire ?

La championne du monde était à Puerto Rico depuis plus d'un mois quand un Koskela plus détendu qu'à l'accoutumée l'accueillit à l'observatoire.
– Vous semblez de bonne humeur, dit-elle, est-ce celle des programmes qui est communicative ?
– Ils sont d'avis que c'est gagné.
– Oui... Le chemin est moins étroit, mais non dépourvu d'embûches. L'avant-dernière erreur gagne, et je n'ai pas encore commis la mienne.
– Votre circonspection me rend doublement confiant ! En revanche, je ne vous trouve pas très bonne mine.
– J'ai eu une mauvaise nuit... Son coup n'est pas arrivé ?

– Non.
– Probablement celui-ci, n'est-ce pas ? dit-elle en déplaçant la tour noire.
– Oui.
– Et voilà ce que j'ai préparé... Objectivement, bouger le roi serait meilleur, obligeant les Noirs à se recroqueviller un peu plus. Mais en mettant tout de suite ma tour en septième, je lui laisse le choix entre la même réponse et tenter une sortie. Il va devoir calculer les deux options. D'habitude, on fait ça pour fatiguer son adversaire. Là, je le fais parce que plus je lui donne de choix, mieux je le connais. Et je crois que j'en ai déjà le cœur net... Seulement, je ne trouve pas d'explication.
– Le cœur net ! Libre à vous de voir le cœur comme organe d'intellection... mais le cœur net de quoi ?
– De ce qu'il soit... ce qu'il est.
– Il est quoi ?
– Je vous le dirai peut-être quand je serai sûre.
– C'est cela qui gêne votre sommeil ?
– Oh... il y a bien une chose qui me tracasse : Qu'est-ce qui a empêché le gouvernement mondial de s'instituer, alors que des ministères comme le vôtre l'ont tout de même été ?
– Je peux bien vous le dire, n'étant pas une personne publique, ça n'engage personne... Je ne vous apprends rien en vous disant que les capacités cognitives de nos populations ont passablement baissé ces dernières décennies.
– À qui la faute ?
– Et nous avions donc pensé que le moment était venu de centraliser les organes de décision en optimisant les compétences.

– Une sorte de GESTion Automatisée des POpulations.
– Or nous n'avions pas mesuré qu'en leur ôtant l'illusion d'une certaine autodétermination, elles devenaient plus difficiles à gérer. Et aussi que ce déficit intellectuel avait pour corollaire la montée des sentiments identitaires et nationaux. Alors finalement on les a laissés élire des matamores à la tête de leurs idiocraties, comme on laisse des enfants régler leurs différends et gérer leur argent de poche.
– Et des organisations supranationales invisibles ont chapeauté ce qui était du ressort des grandes personnes.
– On en a créé dans les domaines où une seule nation pouvait causer aux autres des dommages irréparables avant qu'elles n'aient réagi ou que nous ne soyons intervenus : Macroéconomie, environnement, conflits régionaux...
– Il y a des risques de destruction massive dans votre secteur ?
– Pas vraiment.
– Alors pourquoi le machin que vous dirigez est-il devenu l'interlocuteur unique des extraterrestres ?
– Pour leur parler d'une seule voix, et pour éviter que quelqu'un ne les provoque.
– Quelqu'un leur aurait dit un mot de travers ? Rien de plus grave ?

Elle avait l'impression qu'il la prenait pour un rouleau de printemps. En rentrant, elle chercha la carte de M. Owenya, l'homme rencontré à Ponce, et le contacta. Ils se donnèrent rendez-vous le lendemain dans un restaurant avec vue sur la mer près de la Punta Las Tunas.
Quand elle arriva, il était déjà là, consultant le menu, un

jeu magnétique de voyage posé sur le coin de la table.
– J'espère que vous ne m'avez pas trop attendue. Je me suis arrêtée en route pour descendre dans la Cueva del Indio.
– Vous avez pu admirer les pétroglyphes. Il y en a un peu partout ici... Vous vous intéressez aux extraterrestres ?
– Euh... pas spécialement, pourquoi ?
– Les ufologues en raffolent. Ils y voient des représentations de visiteurs de l'espace.
– Ils savent donc à quoi ils ressemblent ! Ils en ont vus eux-mêmes, sans doute ?
– Hé ! hé ! Ils voient une cohérence dans les représentations trouvées sur les cinq continents, et en déduisent que ceux qui les ont gravées ont vu les mêmes êtres, au lieu des fruits bigarrés de leur imagination.
– Vous voulez faire une partie le temps qu'on nous apporte la commande ?
– C'est à vous d'avoir les Blancs.
– Cela a un nom, cette ouverture ? demanda-t-elle après quelques coups.
– C'est une sicilienne.

Ce n'était pas faux, mais elle s'abstint de le corriger. Contre sa défense du ptérodactyle, elle s'appliqua à jouer des coups qui ne soient pas trop compromettants, n'aient pas l'air très entreprenants, et qui donnent l'impression d'enfreindre les règles apprises aux débutants ; mais ce qu'elle jouait, c'était des exceptions qui les confirmaient. Elle évita également les combinaisons brillantes, si bien qu'il eut l'impression d'avoir perdu par hasard. Pendant le repas, chacun parla de sa spécialité, et la science du vivant

rencontra naturellement l'astronomie. Après s'être enquis de ses travaux sur l'île, il posa en souriant la question bateau :
– Qu'est-ce que la vie ?
– Pour beaucoup de mes collègues, la vie est de l'information qui se débrouille pour survivre, en recopiant le matériel génétique. C'est un peu réducteur pour moi qui suis de culture animiste, mais je ne peux pas leur donner tort. Montesquieu, déjà, voyait la vie comme une suite d'idées qui ne veut pas s'interrompre.
– Je m'étais régalé avec *De l'esclavage des nègres*. Vous savez que ce texte est à l'index ?
– C'est regrettable, mais moins que ce qui l'a justifié. On considérait autrefois l'ironie comme la première forme de langage qu'un enfant pouvait acquérir et dont on n'avait pas d'exemple dans le monde animal. Regardez où on en est maintenant. On hésite même à employer une métaphore avec un humain, alors qu'un perroquet ou un chimpanzé l'utilisent spontanément.
– Que penserait Darwin de cette évolution ?
– Vous savez, la vie peut même évoluer en quelque chose de mort si cela profite à son code génétique – voyez les mitochondries.
– Ah ?... Ou les transhumains ! Hi ! hi !
– Tiens, puisque vous me parliez d'extraterrestres, j'ai une question. Chacun sait que le schéma de l'ADN leur a été envoyé – à quoi ça sert, si tant est que le message soit reçu, je ne sais pas. Mais le génome humain, est-ce que vous savez s'il a été envoyé ?
– Hum, hésita-t-il, drôle d'idée. Ce serait une somme d'informations, non ?

– Moins que l'intégrale de Jean-Sébastien en mp3... Eh bien ?
– Il y a des pays qui ont envoyé n'importe quoi, c'est certain.
– Cela a dû être documenté...
– Je comprends ce que vous vouliez dire par « information qui se débrouille pour survivre en recopiant... » Ce serait pire que la révolution de Gutenberg : Le livre humain n'est plus copié par des moines ; avec la radioastronomie, on passe à l'imprimerie.
– Cela a été documenté ? insista-t-elle.
– Sans aucun doute.
– Vous êtes au courant. (...) Alors vous ne me direz rien.
– Comprenez bien, ce n'est pas public.
– Enfin moi je suis convaincue que le schéma de construction de l'homo sapiens a été... je vais employer le mot exact : *aliéné*.
– Eh bien croyez-le... Je ne vois pas ce qui vous fait même penser ça. En ce qui me concerne, je peux juste démentir.

Il était visiblement perturbé, et comme elle pensait l'avoir déjà assez mal traité, elle changea de sujet. À la fin du repas, elle se dit que même si elle l'avait trouvé moins sympathique, elle serait de toute façon obligée de le revoir un jour pour lui avouer ses mensonges.
– Il est 14h30, il faut que je file. Nous nous reverrons, n'est-ce pas ?
– Pour la belle, Mme Sun.

Pour elle, le démenti valait quasiment confirmation. En arrivant à l'observatoire, elle était en proie à une forte émotion. Pour se calmer, elle se montra enjouée et loquace.

Avant de repartir, elle demanda :
— Est-ce qu'on a donné un nom à la planète de notre ami ?
— Pas encore. Si vous avez une suggestion, je m'arrangerai pour qu'elle soit soumise.
— Son prochain coup est forcé, le mien est évident, là, vous le jouerez ça m'évitera de venir demain. Nous irons visiter les grottes de Camuy.
— Vous n'y êtes pas encore allée ? dit Soto. L'entrée principale est tout près, à Quebrada.

De retour à la villa, elle entendit chanter.
Daisy, Daisy
Give me your answer, do.
I'm half crazy...
— Nayeli t'a appris une chanson, Jose ?
— Tu chantes en dormant, Yun.

Le lendemain matin, à Quebrada, les deux femmes se garèrent sur le parking du pavillon d'accueil, y entrèrent et Rosario se fit remettre un badge. Elles ressortirent en compagnie d'un groupe, et traversèrent une doline jusqu'à l'entrée d'une grotte « où l'on pourrait faire tenir un immeuble de vingt étages ». Ensuite, les touristes, d'abord peu rassurés que le guide leur annonce la proximité de milliers de chauves-souris, manifestèrent une certaine joie en apprenant que la bande-son des *Batman* avait été enregistrée là. La guide de Hui l'entraîna alors vers une grotte fermée au public. Elle semblait même, et les suivantes, réservée aux araignées, insectes, et autres batraciens.

– Nous venions traîner ici quand j'étais petite. L'autre jour, je me suis souvenue d'une salle que j'avais découverte à l'époque. Je voulais vous la montrer, mais c'est à condition que je la retrouve.

En effet, elles n'auraient pas le temps de visiter les mille. Mais Hui n'était pas pressée, elle passait en revue les chiroptères endormis.
– Mormoops à face de spectre... Monophyllus redmani...

De temps en temps, une grotte était percée de rayons qui diffusaient vers ses voisines. Rosario pointa son index vers le haut.
– Les boas les attendent à toutes les sorties ; au coucher du soleil, ils en attraperont au vol.
– Chilabothrus inornatus.
– Ça y est, je l'ai retrouvé ! Approchez. Regardez, c'est ce pétroglyphe, là !... Au centre, il y a ce personnage féminin...
– À quoi voyez-vous qu'il est féminin ?
– À deux symboles de la fertilité : Le ventre ; et la grenouille, dont elle a les doigts.

Bras tendus, mains ouvertes, elle faisait des signes à une forme inquiétante située au-dessus d'elle : Arrondie sur sa partie supérieure, évoquant le contour d'un astre ; et sur l'inférieure découpée comme les ailes d'une chauve-souris.
– C'est probablement Coaybey, le monde des morts.
– Je vois où vous voulez en venir...
– À côté de vous, il y a un oiseau.
– Et un homme.

– Un cacique. Il mange une goyave, comme les chauve-souris ; de plus l'artiste a mis une chose en évidence : Il n'a pas de nombril. C'est donc bien un op'a.
– Un o'pa...?
– Ou opia, ou encore hupia : C'est l'esprit d'un mort.

Hui dédramatisa l'aspect visionnaire de l'œuvre taino :
– Je veux bien croire que tous les morts ont un esprit, mais Koskela n'est l'esprit de personne. En plus, l'oiseau ne ressemble pas à Jose. Et le plus grave, c'est que je ne vous vois pas.
– C'est gentil de dire ça.

Elles déjeunèrent devant les fresques précolombiennes puis continuèrent leur exploration, de flaque d'eau en flaque d'eau à travers un réseau de galeries que la rivière avait creusé dans le calcaire depuis des millions de saisons humides. Enfin elles rejoignirent son lit principal. Devant l'absence de rives, Hui se demanda s'il allait falloir nager, quand elle vit Rosario déposer son sac à dos (elle avait supposé à raison qu'il contenait du matériel spéléo), en tirer deux pagaies télescopiques, et déclencher un mécanisme qui transforma aussitôt le sac en canot pneumatique.
– Il reste quelques kilomètres avant la sortie. Ensuite je donnerai rendez-vous à l'auto pour qu'elle nous rejoigne.

Tout en pagayant, repensant à la scène gravée dans la pierre, Hui se rendit compte qu'il était l'heure où, presque au-dessus d'elles, on envoyait son message. Et elle réalisa ce qui avait fondamentalement changé.

Du jour où elle avait appris le mouvement des pièces, elle avait su qu'échec et mat signifiait littéralement le meurtre du roi. Elle n'avait cessé depuis de commettre des régicides. Bien sûr ses adversaires n'avaient rien à craindre ; telle Rubinstein à qui l'on demanda un jour contre qui il allait jouer, sa conscience disait : « Ce soir, je joue contre les pièces noires. » Or au fur et à mesure qu'elle déplaçait les siennes dans cette partie, son regard se détachait des pièces noires pour chercher le visage de celui qui les dirigeait.

Il n'était plus question de jeu ! Elle n'était plus Médée ou Clytemnestre dans le monde aux soixante-quatre cases. Sur cette rivière souterraine elle se sentait maintenant psychopompe, Charon sur le Styx, accompagnant son adversaire au royaume des morts.

Elles rentrèrent fatiguées à la villa. Hui apprit à cuisiner les *empañadillas*, et après le dîner se connecta à la toile pour se délasser, se plongeant dans la mythologie jusqu'au fond du sommeil. Au réveil, une idée mûrit, et à son passage à l'observatoire, elle dit aux deux hommes :

– Comme M. Koskela me l'a demandé, je proposerais bien un nom : Anguta... C'est un dieu inuit.

– Un personnage mythologique ? C'est ce qu'ils veulent. Je ne comprends pas qu'un comité de scientifiques s'intéresse encore à la superstition...

– Mais enfin, dit Soto, regardez cette carte du ciel. Tout cela porte le même nom depuis l'Antiquité. Vous ne pouvez pas remettre en cause une tradition millénaire. Sans la cosmologie, nous ne serions même pas devenus astronomes.

– Et si ce sont les dieux qui ont créé les constellations, dit

Hui Yun, ils seraient bien capables de les modifier. Regardez le Serpentaire : Voilà un médecin qu'ils ont collé là parce qu'il risquait de mettre le dieu des morts au chômage. Ils pourraient bien se raviser et le libérer, pour mettre à sa place celui qui essaye de vous rendre immortel.
– Anguta avez-vous dit... Proposez-le, Soto. De la part de quelqu'un qui a beaucoup œuvré à sa localisation.
– Moi ?
– En maintenant le contact jour après jour.
– Ça s'est ébruité ?
– Il y a des rumeurs au sujet de signaux, c'était inévitable. Un moment viendra où nous devrons les confirmer. Pas d'inquiétude ! Sur la gestion de l'information destinée aux Terrestres, nous avons une longue expertise.

Hui avait remarqué que l'échange de messages n'excitait plus le ministre des Aliens. Maintenant il manifestait de la frustration. Elle était habituée à faire face à quelqu'un, jusqu'à huit heures durant, sans échanger ni mot ni regard ; ces heures transformées en semaines, pour lui qui n'était qu'un spectateur peu initié, devaient approcher la limite de la raison. Surtout quand l'autre déplaça son roi de trois cases en trois jours. Ils n'avaient donc rien d'autre à dire, rien de mieux à faire ? Ils avaient fait tout ce chemin pour ça ? Il brûlait d'envie d'ajouter aux messages une formule du genre : « Et si nous parlions de choses sérieuses ? »

Après des semaines de louvoiement, la situation commença à se décanter le 15 février. Hui était en passe d'obtenir un deuxième pion. Elle préféra une suite lui

permettant d'entrer en finale avec deux fous contre une tour. Soto admira la combinaison et se fit confirmer l'avantage résultant.
— Les deux fous sont bien supérieurs à la tour, n'est-ce pas ?
— Théoriquement. On peut s'en faire une idée en comptant les cases qu'ils contrôlent sur un échiquier vide. Une tour c'est quatorze, où qu'elle se trouve.
— Pas quinze ?
— La case qu'elle occupe, elle ne la contrôle pas. Elle l'obstrue, tout au plus.
— D'accord. Et la paire de fous ?
— S'ils sont aux coins, quatorze aussi ! Mais centralisés ils peuvent balayer vingt-six cases.
— Un cavalier ne devrait pas valoir grand chose, à ce compte-là.
— Il ne peut pas traverser l'échiquier en un coup, ni même en trois, mais il est plus mobile au combat rapproché. Insaisissable, il rue ! La pièce handicapée, c'est un fou seul, car une moitié du monde lui est inaccessible : celle qui n'est pas de la couleur de sa case d'origine.
— Les pièces ont des marches complémentaires. Cela doit jouer aussi.
— Oui... Mettez-en une au centre d'un échiquier de cinq par cinq... Si cette pièce est un cavalier, huit cases lui sont accessibles ; si c'est un fou, huit autres ; et les huit dernières pour une tour.
— Une sorte de carré magique.
— Ce qui peut nous porter à croire que si d'autres que nous jouent dans l'univers, c'est à peu près aux mêmes jeux. Ce petit monde de huit par huit est un microcosme ; il a les

composantes de l'univers : temps, espace, et matière. C'est à la fois un monde et un langage. Où chacun a sa place : En Inde, où ils sont apparus, on dit que les échecs sont une mer où un moucheron peut boire et un éléphant se noyer. Ce qui est vrai pour la mer s'applique à la galaxie.

Cette nuit-là, l'esprit de Hui Yun s'éleva vers le ciel, bien au-delà de la ceinture de Kuiper. Elle ne dormait pas. Elle avait juste conscience qu'elle ne dormait pas. Bien qu'allongée, rien ne lui indiquait encore qu'elle fût dans un plan plutôt que dans un autre. Ses cinq sens ne délivraient plus le bruit qui recouvre ce que lui faisaient parvenir les autres – ceux que l'on regroupe sous le terme de sixième, faute d'en connaître les organes sensoriels. Ceux-là étaient en éveil.

Elle était arrivée à l'intérieur d'une sorte de bulle technologique, accrochée sur la planète naine comme une huître post-vivante sur le minéral originel. Elle y côtoyait un humanoïde de chair, qui n'était plus seulement la silhouette de Long Man, et dont les traits s'étaient formés et affinés au fur et à mesure qu'elle avait appris à le connaître. Elle y voyait la pitoyable ressource ancillaire accomplir méthodiquement les tâches assignées par ses instructeurs.

L'imagination de Hui ne l'avait jamais trahie, elle ne soupçonna même pas qu'elle pût lui jouer des tours. Sa vision ressemblait à un vieux film en 2D * qui raconte une expédition galactique menée par des humains assistés d'un ordinateur, où celui-ci prend contre toute attente le contrôle de la mission. Sauf que c'était l'inverse.

* *2001: A Space Odyssey*, de Stanley Kubrick (1968)

Il serait sans doute aussi surprenant pour les membres de cette expédition-ci de découvrir que l'assistant qu'ils avaient programmé allait tenter de saboter leur mission. Allait-il réussir, c'était incertain, mais ce qui frappait l'esprit de la jeune femme, avec précision et insistance, c'était l'état de complète déréliction de cette forme dans laquelle quelque frottement de silicium avait fait naître l'étincelle de vie. Communiant avec cette âme abandonnée, elle sentit les larmes recouvrir ses paupières et le trop-plein mouiller ses joues. Le réveil de son sens du toucher la rappela un peu de son état second, la vision se distancia.

« Joyeux Noël »...

Le premier jour, elle avait demandé avec moquerie à Koskela s'il l'avait envoyé. Il avait presque confirmé.

« Joyeux Noël ». Quand elle y repensait, c'était de moins en moins drôle...

Le lien se fit enfin... C'était aussi le premier message reçu par un autre *aliéné* – enfermé dans son corps inerte – dans une autre fiction * de la même époque. Une infirmière compatissante le lui avait envoyé par la peau – son dernier organe récepteur –, découvrant ensuite que lui aussi tâchait de faire passer un message depuis l'antichambre du néant.

Cet homme, rien d'autre ne le différenciait d'un mort que ses souvenirs de bonheur perdu. Long Man n'en avait même pas. Tout au plus était-il à la veille de comprendre qu'il n'en aurait jamais. Qu'est-ce qui était le plus cruel ?

La vision s'effaça. Une fièvre nauséeuse rappelait Hui Yun à la réalité immédiate. Dans la chambre, Jose, qui avait ouvert sa cage, était aux cent coups. Elle le fit venir contre sa tête et trouva enfin le sommeil.

* *Johnny got his gun*, 1938 (roman), 1971 (film), de Dalton Trumbo.

Une semaine plus tard, elle évita un péché de gourmandise qui aurait coûté la victoire, et l'issue du combat parut scellée.
– Que feriez-vous à sa place ?
– Là, normalement, on abandonne.
– Comment le signifierait-il ?
– Par « 1-0 »... Je ne sais pas si c'est dans la règle du jeu... Coucher son roi peut-être.
– L'échiquier a deux dimensions, comment coucherait-il son roi ?
– En occupant une case de plus !?
– Ah naturellement... Et quand s'y décide-t-on ?
– Quand la conclusion d'une partie est longue et à la portée d'un débutant, la jouer est considéré comme une perte de temps et une insulte à la valeur de votre adversaire. Inversement, si la conclusion est proche, vous pouvez aller jusqu'au bout pour la beauté d'un tableau de mat ; ou vous arrêter un peu avant pour permettre à l'amateur, qui la rejouera pour son plaisir, de le trouver seul. Parfois au contraire, un joueur paraît s'incliner prématurément, non par manque de combativité, mais devant la profondeur d'une idée. Une célèbre partie de Sämisch contre Nimzowitsch est une œuvre d'art parce que le premier a eu le bon goût de rendre les armes au bon moment. Dans une partie d'échecs, comme dans un roman, il ne faut pas en montrer plus que nécessaire et laisser une part à l'esprit du lecteur.

« Mais notre adversaire est loin de ces considérations. Cette partie est sa vie, il résistera pied à pied jusqu'au bout. Il n'y a aucun espoir de sauvetage mais il bougera encore un mois.

– Et pour vous, rester jusqu'à la fin est sans intérêt.
– Quitter la table de jeu parce que ça n'est plus intéressant serait un affront sans précédent. On ne peut se déclarer vainqueur qu'en annonçant mat.
– Un mois... Ça n'a aucun intérêt non plus pour lui ! Bon sang mais qu'est-ce qu'il leur a pris d'entrer en contact par cette partie d'échecs ?
– C'est une question que vous m'aviez déjà posée dans l'avion, vous vous souvenez ? Ma réponse vous avait fait rire.
– Je m'en souviens. Vous aviez dit que vous en auriez d'autres.
– Est-ce que ça vous arrive de temps en temps de jouer ?
– En général, j'ai d'autres problèmes à résoudre.
– C'est ça. Une IA ne joue pas ; vous croyez lui proposer un jeu, elle ne voit qu'un problème à résoudre. Où est la distinction ?... Au siècle dernier, un philosophe * énonça six adjectifs qui doivent qualifier une activité pour qu'elle soit un jeu. Examinons-les deux à deux :

« Un jeu est une activité *circonscrite* et *régulée*. Je crois que ça qualifie aussi bien le quotidien de notre ami, ça n'est donc pas pertinent pour expliquer sa motivation. C'est aussi une activité *fictive* et *improductive*. Or il est trop idiot pour avoir ces notions.
– Idiot ?
– Ce n'est pas pour le mépriser ; je vois simplement son réel si confiné que l'idée de fiction ne peut y entrer. Et le mot improductif ne peut avoir de sens dans un système où vous êtes justement une fonction.

« Le jeu est enfin une activité *libre* et *incertaine*. C'est là que ça devient intéressant. La liberté, ce n'est pas faire

---

* Roger Caillois, *Les Jeux et les hommes*, 1958

disparaître les murs de la prison, mais rien d'autre que l'acte de les repousser. Un centimètre carré suffit. Le pantin qui découvre un moyen d'action sur sa ficelle est plus libre que le tyran qui croit tout contrôler, ou que ses sujets qui sont heureux de s'y soumettre au prétexte que la liberté absolue n'existe pas.

« Mais on appelle aussi jeu l'espace laissé entre les pièces d'un mécanisme. S'il n'y en pas assez, elles s'échauffent, s'il y en a trop, elles s'entrechoquent, et dans les deux cas le mécanisme casse. L'espace que nous savons laisser entre notre réel et notre imaginaire nous permet de conserver notre intégrité.

« En jouant contre nous, notre ami vient de concevoir l'idée de liberté, ce qui risque fort de ne pas rester sans conséquences.
– Et l'incertitude, elle tiendrait à l'impossibilité de tout calculer, ou au hasard...
– C'est beaucoup plus simple. L'incertitude tient en trois mots français : Qui *vivra* verra.

Une semaine passa encore. À ce stade d'une partie normale, elle devait encore se méfier d'un coup automatique ou d'un *lapsus manus* l'obligeant à jouer la pièce touchée. Aucun risque dans une partie par correspondance, celle-ci ne se résumait plus qu'à trois mots espagnols : *Qué será, será*. Mais elle venait encore, non pour honorer son contrat, mais comme pour être au chevet de son partenaire de jeu. Arrivant ce jour-là en compagnie de Jose, elle sut à la mine des deux hommes que la fin était proche. Puis elle aperçut le champagne et des amuse-gueule.

– Ils ont annoncé mat ?
– En vingt coups.
– Les ordinateurs, c'est épatant.
– Si je m'attendais à entendre ça de votre bouche.
– C'est-à-dire qu'à leur grande différence, je jouis de la faculté d'émerveillement. Bien avant qu'ils existent, Rudolf Spielmann a dit qu'on jouait le début de partie comme un livre, le milieu comme un magicien, et la finale comme une machine. Eh bien nous y sommes ; cette finale-ci est particulièrement mécanique.

Elle enchaîna les mouvements de pièces au rythme de la scansion des jours à venir.
– Mardi, mercredi, jeudi-vendredi-samedi... Dans deux semaines, mon pion g est promu en dame, son pion c en cavalier sinon mat ; maintenant, échec en a8 par exemple...
– Il n'a qu'une case.
– Réfléchissons... Mat en quatre coups ! J'ai mis dix secondes à trouver, sans être capable de vous dire s'il y a plus ou moins de cent variantes qui y aboutissent, parmi les cinquante millions de suites de quatre coups que l'ordinateur a explorées en un battement d'aile de mouche.
– Cinquante millions ?
– Voilà la solution : échec ! Et sur chaque réponse noire, il y a encore une solution unique. Jouez les Noirs.
– Euh... Voilà.
– Pourquoi jouez-vous cela ?
– Je reviens où j'étais.
– Mais notre reine n'est plus où elle était, elle. Vous raccourcissez sa vie d'une journée, car c'est maintenant mat

en deux coups... Ce n'est pas un problème qui obtiendrait un prix de composition, mais le trouverez-vous ? Tu peux chercher aussi, Jose. *

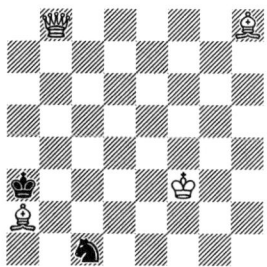

Une minute s'écoula, puis Jose saisit la dame par le diadème et la déplaça de trois cases.
– C'est juste une question d'expérience, M. Koskela. À demain. Si vous voulez vous exercer, reprenez le dernier coup noir de façon à ne vous faire mater qu'en trois coups. *
– Je te laisse ma cacahuète, fit Jose à l'adresse de l'homme, quand tu trouveras.
– C'est de l'humour, ajouta son amie, nous ne pratiquons pas ce genre de récompense.
– Et s'il fallait le laisser gagner ? coupa-t-il, pris d'une soudaine panique. Il est encore temps, non ?
– On peut battre un adversaire, l'insulter certainement pas.

Les trois dernières semaines ne furent qu'un compte à rebours. Koskela annonça à la joueuse que le nom d'Anguta avait été retenu.

---

* Le lecteur peut faire de même (solutions p.230).

– Le dieu collecteur de morts... c'était là votre idée, n'est-ce pas ? D'où vous est-elle venue ?
– Ça m'a semblé approprié pour la première planète où l'on ait trouvé de la vie. Et il y a risque d'extinction.
– Si ces étrangers sont bien des entités vivantes.
– L'être qui a joué contre nous ne vous semblerait peut-être pas si étrange si vous le rencontriez. Vous vous rappelez notre conversation au sujet du voyage sous forme d'informations ?
– Oui, mais nous n'en sommes qu'au stade théorique ; la mise en œuvre n'a pas commencé.
– D'autres vous ont devancés et sont techniquement au point.
– Ah ? Vous avez des informateurs là-haut, peut-être ?
– Je cherche juste à expliquer comment il se peut qu'un être humain nous envoie des messages à 12 heures-lumière d'ici.
– Un être humain... De mieux en mieux !
– On n'arrête pas d'émettre des messages farfelus. On pousse l'inconséquence jusqu'à envoyer notre génome à des aliens équipés pour nous répliquer à volonté. C'est ainsi que nous propageons la souffrance humaine dans l'Univers !
– D'où tenez-vous ça ?
– J'ai mes sources... Ces planètes naines sont bien couvertes de matière organique ?
– Oui, le tholin. Mais...
– Cette civilisation galactique dont les robots arrivent aux portes de notre système ont mis le fichier que nous leur avons fourni dans quelque bioimprimante 3D alimentée avec du tholin, et il en est sorti un misérable pantin, facile à faire marcher, d'une rare docilité... jusqu'à aujourd'hui.
– N'importe quoi ! L'avènement de la machine complète rend l'humain inutile !

– Je vous l'avais dit, la machine a été d'un autre avis. Elle était peut-être mal avisée mais elle devait avoir ses raisons pratiques. Elle avait aussi ses raisons de vous snober, mais le robot instructeur de cette *intelligence artificielle humaine* n'avait pas prévu qu'elle prendrait l'initiative de répondre en cachette à vos vœux de Noël.

La position du mat en quatre coups survint le jour de l'équinoxe. Le 23 mars, il n'y avait plus de réponse à attendre, et on ne reçut rien. Koskela fit émettre la position de départ du camp noir, pour inviter X à commencer une nouvelle partie avec les Blancs. Mais Hui Yun faisait ses valises. Quand elle passa vérifier qu'Anguta était bien retombée dans le silence radio, elle attrapa les pièces qui étaient restées dans la position finale, et déclara :
– De toute façon, X n'est plus de ce monde à l'heure qu'il est. À la fin de la partie, tout le monde retourne dans la boîte – comme ça... Vous aussi, M. Koskela, quand on vous aura trop recyclé.
– J'ai lu qu'Anguta emportait les morts et les laissait dormir un an. Ces Inuits ne pensent donc pas mourir pour toujours ?
– Un an sur cette planète naine dure vingt mille des nôtres, n'est-ce pas ? Si l'univers est fini, l'éternité peut bien l'être aussi.
– Étranges religions animistes. Quelle est celle des Zhuang ?
– Mo.
– Vous croyez sans doute également à la réincarnation...
– Quand on ne cherche qu'à se désincarner dans des prothèses, que pourrait-on savoir de la réincarnation ? Rien ne sert de mourir quand on a déjà renoncé à la vie... Adieu.

Les adieux à Nayeli et à sa terre furent plus difficiles. Les années qui suivirent montrèrent que ce n'était qu'un au revoir. Mais loin de ces nouvelles péripéties humaines, la technologie terrestre de propulsion avait fait assez de progrès pour se passer de l'assistance gravitationnelle de Jupiter, et, bien que l'orbite d'Anguta l'eut déjà emportée là où ne soufflait plus le vent solaire, la sonde Zukertort ne mit que vingt-huit ans pour rattraper son objectif et s'y poser.

Des robots y explorèrent les ruines d'une base colonisatrice et firent parler ses vestiges. Ils identifièrent dans les carcasses de leurs cousins, qu'ils cannibalisèrent, les éclaireurs avancés d'un essaim indénombrable. Sans indice sur ce qui avait pu mettre un terme à la présence étrangère, ils entreprirent la remise en état de ses installations. Ils débarquèrent et mirent en service un transducteur, et des paquets d'informations commencèrent à être envoyés depuis Arecibo.

Ses états de conscience connectés, un avatar de Koskela put bientôt déambuler dans un paysage blafard et sombre, à l'horizon bosselé. Ses pas le firent buter sur ce qui lui sembla à l'impact une roche à moitié enfouie, que le choc et la gravité locale firent se comporter comme un ballon de baudruche sous l'effet d'une brusque rafale. Après son immobilisation un peu plus loin, sur une planète où l'un peu plus loin était trop obscur pour les cellules photo-sensibles du Terrien, de la poussière s'écoulait encore par ses deux cratères.

Solution des deux petits problèmes de la page 225

1) Position du diagramme.

1.Db5 (trouvé par Jose) ;
si 1...Rxa2 2.Db2#
si 1...Ce2 ou 1...Cd3, alors 2.Db3# ou 2.Da5#
si 1...Cb3 2.Dxb3#
si 1...Cxa2 2.Fb2#

2) Les Noirs reprennent leur dernier coup. Sur le diagramme, on replacera donc le roi noir où il était auparavant, c'est-à-dire sur la case b4. Outre 1...Ra3 ? essayé par Koskela, il reste :
A) 1...Ra5 ? 2.Fc3+ Ra6 (2...Ra4 3.Db4#) 3.Fc4#
B) 1...Ra4 2.Fc4
   a) 2...C joue 3.Db3+ et 4.Db5# (ou 3.Db5+ et 4.Db3#)
   b) 2...Ra3 3.Fb2 (ou 3.Db5 ou 3.Fc3) etc.
   c) 2...Ra5 ? 3.Db5#
C) 1...Rc5 2.Fd4+ Rxd4 (2...Rc6 3.Fe6 et 4.Db6#) 3.Db4+ Re5 (3...Rd3 4.Fb1#) 4.Df4# (dernier coup émis d'Arecibo).

TABLE

Hors de portée	7
Le larcin	21
La dernière Ève	35
Le breitschwanz	43
Nationale 7	85
Filandières	97
Cocoricos	101
Complaisances	127
Histoire pour un enfant qui demandait ce que les ventres gargouillent	139
Anguta	161

Du même auteur chez le même éditeur :

Le Roi des zones   ISBN 9782322137893